A ARMADILHA
E OUTRAS HISTÓRIAS

Eduardo Borsato

A ARMADILHA
E OUTRAS HISTÓRIAS

1ª Edição
POD

KBR
Petrópolis
2016

Coordenação editorial **Noga Sklar**
Editoração **KBR**
Capa **KBR**
Ilustração da capa: **"Cortando a pedra", óleo sobre
tela de Hieronymus Bosch, circa 1494-1516.**

ISBN: 978-85-8180-450-7

KBR Editora Digital Ltda.
www.kbrdigital.com.br
www.facebook.com/kbrdigital
atendimento@kbrdigital.com.br
55|21|3942.4440

FIC029000 - Contos

Eduardo Borsato é teatrólogo, contista e novelista. Foi ghost-writer, redator da Rede Globo e adaptador de novelas de televisão para bolso e livro. Por dez anos, editou *house-organs* e jornais de bairro. Pela KBR, entre outros, publicou *Dedalus e* o best seller *Agnus Dei.*

Website: http://www.eduardo.borsato.nom.br/
E-mail: borsatoeduardo@gmail.com

Sumário

-1-
A ARMADILHA

PARTE I
O SONHO

Capítulo 1: A chegada

Pouco sabia da cidade quando a ela chegou. Antes de partir, disseram-lhe tratar-se de lugar inóspito, assim como inóspitos eram seus numerosíssimos habitantes. Além disso, e sempre de acordo com o que lhe tinham dito, não apreciavam forasteiros. Tratavam-nos com extrema hostilidade, para que lá não permanecessem. Se insistiam, acusavam-nos de crimes terríveis e, embora inocentes, trancavam-nos em vis masmorras.

Agora, contudo, por sua principal rua caminhando, via que todo o dito não poderia ser verdadeiro. Os habitantes não eram tantos, nem a cidade, acanhada e pequena, suficiente para abrigá-los em maior número que as moradias — quase todas baixas, raras as assobradadas — espalhadas por não mais que meia dúzia de ruas.

Também as pessoas pelas quais cruzava sequer guardavam ar hostil, talvez apenas leve surpresa por darem com um estranho, a presença de forasteiros na certa incomum por ali.

O que lhe tinham dito, portanto, não passaria de quimera, invenções, mitos provindos de rivalidades entre uma localidade e outra, ou simplesmente o desejo de fazê-lo enredar-se em falsas impressões, tudo fruto de maldosa, mas inconsequente brincadeira.

De qualquer maneira, pouca importância teria agora tudo isso, já que na cidade pretendia demorar-se apenas o suficiente para negociar inesperada herança, deixada por longínquo, esquecido parente. Referia-se ela a pequeno imóvel, com certeza de insignificante valor.

Outro, que não ele, qualquer interesse teria em remexer naquilo. Mas sua mulher, a imaginar a herança vultosa, passou a lhe fazer cobranças a um ponto tal que resolveu satisfazê-la, convencido de que um par de dias apartado de suas exigências teria para ele ao menos o valor de um alívio. Viajante, não lhe foi difícil acrescentar mais aquele compromisso aos que já se obrigara.

Continuou a descer a rua, deteve-se diante do número indicado no endereço que trazia. Era a terceira casa à direita, depois da esquina. A seu lado, havia uma construção achatada, espécie de templo, alto portão à sua frente. A casa, ao contrário, era assobradada, as paredes pintadas de claro, baixo portão a separar o jardinzinho que levava à varanda. Bem cuidada, toda ela dava a impressão de leveza, aconchego.

Era evidente que alguém dela se ocupava. Mas quem, se os documentos que possuía não faziam a mais leve menção a tal fato?

Parado junto ao portão, surpreso, o homem não pôde deixar de sorrir, assim como também não pôde deixar de pensar naquele que lhe deixara a herança. Era um tio, irmão de seu pai, tipo arredio, do qual estranhas coisas os outros familiares contavam. Solteirão, diziam-no infenso ao casamento, embora lhe atribuíssem inúmeras aventuras amorosas. Certo dia, ainda que bem empregado, sem preocupações com o futuro, abandonou tudo, boa colocação, família e cidade, mudou-se, não deu mais notícias até que, agora, anos após, souberam-no morto. O homem mal se lembrava dele, daí a surpresa com que, logo depois, viu-se, por testamento, único herdeiro do único bem por ele deixado.

Tentou abrir o portão. Estava fechado. Bateu palmas, ninguém. Aguardou algum tempo, insistiu nas palmas. De novo ninguém, ele já se preparando para bater novamente quando o alto portão do templo se abriu, um sujeito apareceu, foi logo dizendo que a guardiã da casa não estava, ausentara-se, só voltaria no dia seguinte, portanto, ninguém poderia entrar.

O homem pensou em argumentar, afinal não passava de contrassenso aguardar tanto, inútil a perda de tempo já que era o proprietário, podia entrar a hora em que bem entendesse.

Nada, contudo, chegou a dizer, o outro a encará-lo, ele a sentir crescer dentro de si um temor, uma intimidação que o obrigava a não insistir, a continuar calado.

O outro permaneceu a encará-lo, o olhar firme, duro, até que o homem lhe deu as costas, pôs-se a se afastar, logo depois ouvindo bater atrás de si o alto e negro portão do templo.

Capítulo 2 - O velho

Na falta de um hotel, alugou pequeno quarto em maltratada e velha hospedaria — talvez a única do lugar, já que outras não vira, aquela a invariavelmente indicada pelas pessoas a quem indagara por um lugar onde ficar. Pouco se importou com o apertado do cômodo, a janela única, velhos o guarda-roupa e a cama de lençóis encardidos, de tudo a subir uma sujidade, o cheiro de mofo, já que, assim pensava, ali apenas pernoitaria, no dia seguinte tudo estaria resolvido, ele liberto para seguir viagem.

Deixada a mala no quarto e a tarde a meio, o homem pôs-se pela cidade a andar. Em pouco conhecia-a toda. O comércio era pouco, quase nenhum, duas ou três lojinhas insignificantes, um mal provido armazém, de bancos nem sinal, assim como nem sinal de igrejas (com exceção do templo ao lado da casa por ele herdada) ou de um cemitério.

Quem sabe — pensou o homem — sobrevivessem do comércio de gado ou da agricultura, as grandes fazendas e os grandes pastos a se perder pelas cercanias, na cidade apenas a parte da população que disso não vivia, mas que daquela atividade dependeria.

Seguindo até o fim de uma das ruas laterais, deu com grande bosque (insuspeito da entrada que à cidade dava acesso), as grandes e altas árvores, a úmida sombra que delas vinha, as flores, os sapatos a se umedecer com a umidade que subia da relva, a quase se encharcar à medida que se aproximava de pequeno riacho. Deixou-se ficar ali, a se ver dominar pelo desejo de saber mais sobre a cidade, seus habitantes, como se o fato de a ela chegar, de nela estar por algumas horas o tornasse deles cúmplice, insuspeito parceiro.

À noite já caindo, voltou, e, com fome, entrou num bar, próximo à hospedaria (virao quando dela saíra, e somente outro a cidade possuía, a três ruas dali). Sentou-se a uma das mesas, pediu uma cerveja, o que tivesse para comer. Encostados ao balcão, voltados para a rua, alguns homens bebiam. Das duas mesas restantes, uma estava vazia, na outra apenas um velho, à sua frente um copo, uma garrafa de refrigerante pela metade.

Ninguém pareceu dar por sua presença, com exceção do velho, que lhe sorriu, fez-lhe um gesto amistoso qualquer. O sujeito detrás do balcão trouxe o que ele havia pedido. O velho então se ergueu, veio para sua mesa, com inesperada intimidade sentou-se, exclamou:

— Então aqui está o herdeiro!

— Hein? — fez o homem, espantando-se.

— Já o esperávamos.

Usava barba, não de todo branca, alguns pelos escuros debaixo do queixo, os olhos vivos, a roupa bem-posta, a voz firme, tudo muito diferente do que a princípio o homem supusera: o velho apenas um pobre diabo à espera de alguém que lhe pagasse uma bebida qualquer.

— Já o esperávamos — repetiu o velho, logo emendando: — Aliás, por que demorou tanto?

— Bom... — gaguejou o homem, como se procurasse ganhar tempo para se recuperar da surpresa, aquele inesperado.

— Afinal, já faz mais de um mês que ele morreu.

— É... mas eu tive que... — replicou o homem, atrapalhando-se, sentindo-se absurdamente responsável por algo que desconhecia.

— E nem para o enterro apareceu! Não é estranho, sendo o único herdeiro?

— É o que estou tentando explicar — disse o homem, recuperando-se. — Não pude vir antes, estive ocupado com outros assuntos.

— Ou achou que a herança seria de pouca monta, não valeria sequer uma viagem até aqui — falou o velho. Seu tom era afirmativo, nem chegava a ser uma hipótese o que dizia, mas a voz era branda e meiga, no rosto também amigável sorriso.

— Bom... — fez o homem, e logo se desconcertou, acabou também sorrindo, tolice tentar iludir o velho. Além disso, iludi-lo para quê? O que perderia, iludindo-o ou não?

— O que achou da casa?

— Hein?

— Não esteve lá hoje? Então? O que achou?

— O homem da casa ao lado não me deixou entrar, porque a empregada não estava —

respondeu, ao que o velho retrucou, como se aquilo desse início a uma espécie de jogo do qual ambos não poderiam se furtar:

— A casa ao lado é o templo e o homem é o porteiro do templo. Ele não impediu sua entrada, você é que teve medo dele, e a empregada é a guardiã da casa, que, não sabendo quando você viria, foi visitar a mãe, na cidade vizinha.

Tudo fora dito de enfiada, a voz do velho agora levemente agastada, dando a impressão de que tais coisas não passavam de detalhes com os quais não queria se enredar (mas como adivinhara que tivera medo do porteiro, pensou o homem), até repisar o ponto que mais o interessava:

— Mas você viu a casa por fora, não viu? O que achou dela?

— Bonita... mais bonita que as outras.

— Só?!

Havia ânsia no rosto do velho. A resposta evidentemente não o satisfizera, mas que outra poderia haver, pensou o homem, já que não sabia o que ele buscava, ele pouco parecendo se importar com o que lhe fosse respondido, agora quase a balbuciar:

— Pintamos a fachada... lustramos a cantaria... os caixilhos das janelas... os batentes das portas...

Na verdade, não fizera uma pergunta nem desejava uma resposta, queria tão somente a confirmação da beleza ou da excelência do que enumerava, deixava-se trair, convenceu-se o homem, leve, mas indisfarçável sorriso a tomar--lhe, os olhos fixos no velho, logo indagando, sem querer perder a vantagem que lhe era daquela forma concedida:

— E por que fariam isso, se a casa não lhes pertence?

— Ora, para agradar ao herdeiro.

— Agradar?

— Que outro motivo poderia haver?

A voz, a fisionomia do velho, eram de novo calmas, tão seguras quanto no início da conversa. Ou será que alguma vez tinham deixado de ser assim, pensou o homem, com a certeza de que vantagem alguma lhe tinha sido concedida, ele a se iludir, agora como antes sem saber os reais propósitos do velho. Até onde, porém, haveria mesmo outro propósito, o velho nada sendo além de alguém que pretendesse apenas conversar, uma companhia que ele ganhava num começo de noite numa cidade estranha à qual acabara de chegar?

— A casa não é a parte mais importante da herança — disse o velho depois de alguns segundos, os olhos fixos nele.

— Não?

— O morto deixou muito mais.

— O quê?

— Ainda não descobriu?

— Não.

— Pois não demorará a descobrir. Não é tão difícil assim.

— Não vai me dizer?

— Não.

— Por quê?

— É nossa maneira de agir.

— Maneira de quem agir?

— Ora...

— Dos moradores da cidade?

— De quem mais poderia ser?

— Nem todo mundo age assim.

— Nas outras cidades? Como poderia saber? Nunca saí daqui.

— Talvez seja uma forma de me torturar.

— Por que faria isso?

— Não sei. Mas me disseram que os moradores daqui são estranhos.

— Temos hábitos estranhos, você quer dizer... — emendou o velho, afável.

— Não gostam de forasteiros.

— Nós os prendemos...

— Não permitem que fiquem na cidade.

— Se insistem, nós os condenamos, ainda que inocentes...

— E eles são jogados em horríveis masmorras.

— Foi tudo o que disseram? — perguntou o velho, a sorrir, agora uma brandura a envolvê-los, cálida, não passariam de dois amigos que se encontravam para beber, trocar banalidades.

— Foi? — insistiu, e, sem esperar pela resposta: — Pois não lhe disseram o principal.

E contou que há muitos anos, a cidade simples aldeola, fora dizimada, seus habitantes quase todos mortos por forasteiros em busca das pedras preciosas que supunham numerosíssimas nas águas do riacho que a cidade circundava. A chacina se devia ao fato de que os assassinos nada queriam repartir do que porventura encontrassem, preferindo mesmo não deixar qualquer testemunha de seu enriquecimento. E, se testemunhas restassem, estariam tão amedrontadas com as atrocidades de que os sabiam capazes que pouca ou nenhuma coragem teriam de contar a verdade a quem quer que fosse. E assim se lançaram à cata das preciosidades que as águas do riacho encobririam. Por dias e dias batearam, ou na rude e pequena represa que construíram, ou nos locais onde a água por si mesma se represava. Ao cabo, porém, de algum tempo, convenceram-se de que nada havia ali que compensasse tamanho esforço. Além do mais, as águas do riacho se avolumavam, as chuvas já teriam começado em sua cabeceira, em breve quem se aventurasse a nele entrar seria pela correnteza tragado. Então, rápidos e impressentidos como tinham chegado, da mesma maneira impressentida e rápida foram embora. Restaram os poucos sobreviventes da aldeia que logo se dedicaram à tarefa de reconstruí-la. Antes, contudo, pretenderam dar sepultura aos que pelos forasteiros tinham sido mortos, ou o que deles restasse. Ocorre que, por mais que à procura se dedicassem, nada dos mortos ou do que deles pudesse restar foi encontrado. Puseram-se então a acreditar que tanto os corpos quanto as almas dos assassinados às margens do bosque que margeava o riacho tinham-se incorporado. Passaram também a acreditar que todo forasteiro que à cidade chegasse e que nela insistisse em ficar deveria ser morto. Era a forma de impedir que novos males aos habitantes trouxessem, assim como também era a forma de dar alívio e remissão às almas dos assassinados às árvores incorporadas.

— Por acreditar nessa lenda, muita gente até hoje deixa de se fixar na cidade — acrescentou o velho.

— Por isso é ela tão acanhada?

— Se não fosse pelo morto, seria ainda pior.

— Pior?

— Quando seus seguidores se organizaram, males maiores foram evitados.

— Que espécie de seguidores?

— No início, eram cerca de doze. Mas logo tiveram a adesão de quase todos os outros moradores.

— Mas que seguidores? O que pretendiam? — insistiu o homem, enquanto o velho continuava, sem ouvir:

— A resistência a eles começou e aumentou a um ponto tal que ele não suportou, acabou morrendo.

— Ele morreu ou foi morto? — indagou o homem.

— Hein?! — assustou-se o velho.

O homem virou o rosto, os olhos perdidos na rua. Agora a presença do velho lhe parecia incômoda, talvez ridícula, o solene da voz quando se referia a seu tio, a forma como o mencionava, como mencionava os tais seguidores sem nada deles explicar, tudo como se tencionasse revestir de insondável mistério sua existência, mais ainda acrescentando algo que pretendia quase sobrenatural ao simples recebimento de uma herança. Era como se pretendesse que ela se desdobrasse em outras e mais importantes obrigações que o tio iniciara e às quais ele, agora seu herdeiro, teria que dar seguimento.

— Quem lhe disse isso?

— O quê?

— Que ele foi morto?

— Ora... — deu de ombros o homem, sempre olhando para a rua, mais ainda agastado com a similitude que o velho, segundo lhe parecia, tentara criar entre os doze seguidores do tio e os apóstolos nos sagrados textos mencionados.

— Ele morreu de repente. Do coração — exclamou o velho. — Aconteceu durante a noite. A guardiã encontrou o corpo no dia seguinte.

Ria um riso aberto, que ao homem pareceu de franca zombaria.

— Quem lhe meteu na cabeça a ideia de que alguém poderia matá-lo?

O homem não respondeu, ele continuou:

— Ninguém aqui seria capaz de fazer isso. Todos na cidade gostavam muito dele. — E, depois de breve pausa: — No testamento não havia menção à causa da morte?

— Não.

— Não é costume fazer isso?

— Não sei.

— De qualquer maneira, pode esquecer a ideia de que ele foi morto.

— Mas e os tais seguidores? O que pretendiam? O que estava ele organizando, afinal?

— Seu tio queria comprar algumas terras lá para os lados do riacho. Como não tinha capital suficiente, uniu-se a mais doze amigos, formando com eles uma sociedade. Ocorre que o dono das terras, depois de tudo acertado, recuou e o negócio não foi realizado. Para quem sofria do coração, isso deve ter sido um choque. Daí a morte repentina.

O homem não desviava os olhos do velho, espantado com as contradições que suas palavras deixavam entrever, mais espantado ainda com sua calma atitude, as mãos sobre a mesa, o dócil sorriso, a fisionomia quase beatífica, um bom velhinho a moldar histórias com mil sentidos, a esperar adesões a uma credulidade que só fazia nos outros açular.

De onde, porém, tirava tudo aquilo, suas palavras talvez a mudar e a se amoldar em função de um interesse que apenas encobririam, o velho em nenhum momento a se perder, a deixar de cultivá-lo?

Criaria um jogo de cujas regras era o único conhecedor e beneficiário, só relevando seus propósitos quando a final vitória lhe estivesse em definitivo assegurada?

Para o homem, porém, já cansado e temeroso de despender na cidade mais tempo do que imaginara (pelo que vira dela, começava a se convencer de que dificilmente encontraria um comprador para a casa), tudo aquilo era agora de pouco ou nenhum interesse. Ainda assim, mais pela curiosidade de saber como o velho de novo resvalaria em contradições, perguntou:

— E o que falou da herança?

O velho pareceu não entender, ele insistiu:

— Que a casa não era a parte mais importante.

— E não é mesmo. O templo é muito mais.

— Mas o que tenho eu a ver com o templo, se herdei apenas a casa?

— Pretende fazer o que com ela?

— Vendê-la, se encontrar bom preço.

— O que jamais acontecerá.

— Ora essa, por que não?

— Você não conseguirá vender a casa sem o templo.

— Mas não sou dono do templo. Como vender o que não é meu?

— Compre-o. Depois venda os dois.

— Comprá-lo de quem?

O velho sorriu, sem responder, o homem compreendendo que inevitavelmente deveria ser ele o proprietário. Será que durante todo aquele tempo lidara apenas com hábil homem de negócios, nada do que supusera estranho a existir, tudo fruto de uma esperteza que desde o início o iludira?

Tentou dizer alguma coisa, mas o velho se ergueu, antes de sair afirmando que o esperaria ali no dia seguinte, caso ele ainda estivesse disposto a discutir o assunto.

Capítulo 3 - A guardiã

— Corre pela cidade a notícia de que vai comprar o templo — disse ela.

Era a manhã do dia seguinte e o homem estava na casa, diante da guardiã. Teria 50 anos, era alta, corpulenta, mas delicada nos gestos, no sorriso, na maneira como caminhara pelo interior da casa, mostrando-lhe os cômodos, apontando para os móveis, um ou outro quadro nas paredes, detendo-se mais demoradamente no quarto onde encontrara o cadáver, a dizer, um lamento na voz:

— Ele não se queixou de nada, na noite anterior. Jantou pouco, como sempre... — e depois de leve pausa, mais lamentosa ainda: — Não é estranho que alguém se finde assim, como um passarinho? — e ainda depois, com um suspiro, como se procurasse um consolo: — Enfim, descansou.

O homem chegara cedo e ela o atendera na varanda, como se já o esperasse, como se até já o estivesse ali esperando há algum tempo. Trajava um vestido simples, escuro e inteiriço, espécie de uniforme ou de vestimenta, frouxa na cintura e nas ancas, capaz — ela ainda vaidosa— de disfarçar-lhe o excesso de peso. Os cabelos, pintados de preto, estavam presos, e a não ser por fino e discreto cordão de ouro a envolver-lhe o pescoço, não usava qualquer outro adorno. Não parecia uma empregada comum, talvez mais educada ou mesmo culta.

Nem bem o recebeu, foi logo explicando sua ausência no dia anterior, falando da mãe, dizendo-a muito velha, alquebrada, necessitando constantes cuidados, mas insistindo em morar sozinha, num casarão de uma cidade vizinha.

— Velho na situação dela acaba sempre dando problema — exclamou, repisando o risco que era a mãe ficar sozinha, a necessidade de se mudar, ir morar com ela.

Sua voz era clara e poderia ser agradável, caso não insistisse em falar tanto e de maneira tão rápida, como se mal pudesse respirar entre uma frase e outra. Ou — e o homem estremeceu a esse pensamento — como se quisesse impedi-lo de raciocinar, cumulando-o de dados que pouco tinham a ver com sua ida até ali. À semelhança do que ocorrera com o velho, também sob as palavras da guardiã parecia haver algo desconhecido, que ela tanto quanto ele talvez quisesse escamotear.

Mesmo assim, o homem não podia deixar de pensar que, na guardiã, aquilo podia ser apenas nervosismo ou inquietação por sua chegada, ela a ter que lhe mostrar a casa, relembrar o falecido, a supor que ele lhe pudesse impor indesejadas críticas, admoestações.

Levou-o para a parte superior da casa e depois de lá também mostrar-lhe tudo (era nela que ficava o quarto do tio) sentou-se com ele à varanda que dava para a rua principal. Dali, ao homem a cidade parecia diferente, menos espraiada, e podia ver que a rua principal desembocava diretamente no bosque, sem que, para chegar a ele, fosse preciso tomar uma rua lateral, como fizera. Pensou também, a ser verdade o que o velho lhe contara, nas razões pelas quais o tio tanto se empenhara em comprar terrenos que o bosque ladeavam, já que dali pareciam área de nenhuma serventia.

— Comecei a trabalhar para ele há pouco tempo, talvez um ano — disse a mulher, como se apenas retomasse uma conversa por instantes interrompida.

— Só? — surpreendeu-se o homem.

— Ele sempre viveu sozinho, cuidava das coisas sem precisar de ajuda. Só no fim é que procurou alguém. Deve ter sido a doença. E como estudei enfermagem...

— Como era ele?— perguntou o homem.

— Ora, então não sabe? Era seu parente, seu tio, não era?

Depois de lhe comunicada a herança, o homem procurara vestígios do tio. Além dos parentes, conversara com pessoas que diziam tê-lo conhecido, mas só conseguiu pálida imagem dele em esquecida foto de esquecido baú, abandonado a um canto do quarto de seu pai. Estavam os dois irmãos lado a lado, mas a fotografia, esmaecida e amarelada, pouco do tio revelava: apenas um bigode, o corpo magro, na mão esquerda um chapéu, na face um esboço de sorriso, talvez forçado devido ao incômodo da presença do fotógrafo, talvez do fotógrafo escarnecendo.

— Não sabe? — insistiu a guardiã.

— Pouco convivemos. Não éramos muito chegados.

— E mesmo assim ele lhe deixou a herança? Aqui na cidade muita gente estranhou.

— Ele então contou que não éramos íntimos?

— Não, mas é que tinham a certeza de que ele deixaria a casa para um de seus seguidores, não para alguém de fora.

— Seguidores?!

— Então não sabe?

— O quê?

— Mas, se é assim, por que todos estão dizendo que vai comprar o templo?

— Não vou comprar templo nenhum. Isso foi ideia do velho.

— Então esteve com ele?

— Ontem de noitinha.

— E ele não lhe contou?

— O que deveria me contar?

Ela não respondeu, apenas comentou, como se desejasse mudar de assunto:

— O velho era muito amigo de seu tio. Todos tinham a certeza de que a casa seria deixada para ele.

— Por que ele disse que eu não conseguiria vendê-la, sem antes comprar o templo?

— Não sei. Mas para todos o templo e a casa são uma coisa só.

— Ele é o proprietário do templo?

— O velho? Ninguém sabe.

— A quem pertence o templo, afinal?

— Dizem que à seita que seu tio fundou, com mais doze amigos.

À semelhança do velho, ela também repisava aquele assunto. Só que o velho dele não fugira, embora contradizendo-se, inventando alternativas que ao homem não convenceram, ou inventadas para isso mesmo, para deixá-lo confuso, cada vez mais distante da verdade. Mas, e ela? Servir-se-ia do mesmo recurso? Por isso, encarando-a, insistiu:

— Seita? Que seita? Ele e esses amigos não se uniram apenas para comprar os terrenos perto do riacho?

— Como sabe disso?

— O velho me contou.

Ela sorriu:

— Ele conta o mesmo para todos os que por aqui aparecem.

— Também me falou a respeito de uma lenda...

Ela voltou a sorrir, completou:

— De forasteiros atrás de fortuna... da matança que fizeram... de almas incorporadas às árvores...

E, sempre sorrindo:

— Ele também conta isso para todos os que chegam à cidade.

— Por quê?

— Quem pode saber?

— Mas a lenda realmente existe?

Ela não respondeu, o ar agora sério.

— Existe? — ele insistiu.

— Não da maneira como ele contou.

E explicou que há muitos anos à cidade forasteiros em grande número tinham chegado, não à cata de tesouros, que lá não existiam, mas para punir seus habitantes por hábito herdado dos primitivos fundadores: matar e devorar os inimigos, para deles obter sua força e poder. No entanto, com a extinção dos rivais, passaram a fazer o mesmo com os estrangeiros que pela aldeia apareciam. E como ainda estes, com o correr do tempo, mais e mais rareassem e como já não pudessem abrir mão do hábito, começaram a devorar os velhos, as crianças e os dentre eles mesmos condenados pelas menores faltas cometidas. Por gerações mantido, estava aquele costume espalhando justo terror por toda a região, dela afastando os que pudessem contribuir para seu desejado desenvolvimento. Prejudicados e desejosos de terminar com aquele horror, os habitantes dos locais vizinhos organizaram uma expedição punitiva que a cidade invadiu. Para exemplá-los, eliminaram grande parte dos praticantes de tão repugnante costume e exigiram dos sobreviventes seu esquecimento, sob pena de terríveis castigos. O esquecimento se fez por muito tempo, até que à cidade certo dia apareceu um forasteiro, dizendo-se herdeiro da casa na qual morara o principal incentivador e executante do hábito, que todos já imaginavam coisa do passado. Ao lado da casa, com a ajuda de doze seguidores, o homem ergueu um templo e lá passou a pregar a necessidade da volta ao antigo costume. Mas sua presença e sua pregação foram logo conhecidas por toda a região e nova expedição punitiva foi organizada. A casa pelo homem habitada foi destruída, ele e seus seguidores eliminados, o que não impediu que novos adeptos dele surgissem e por anos e anos se pusessem a esperar pela chegada do sucessor do homem, que traria o ressurgimento do hábito.

— Por isso a cidade não tem cemitério? — perguntou o homem, assim que ela terminou.

— Como? — fez ela, sem entender.

— Andei por toda a cidade ontem e não vi cemitério algum — ele insistiu, ela encarando-o e depois respondendo, com um dar de ombros:

— Enterram os mortos na cidade vizinha.

— Sempre foi assim?

— Que eu me lembre, desde que vim para cá.

— Não nasceu aqui, então?

Ela fez que não com a cabeça, explicou:

— Só vim para cuidar do falecido. Já não disse que minha mãe mora em outra cidade?

— Também disse que pretendia se mudar para lá...

Ela o corrigiu:

— Voltar para lá.

E completou, resignada:

— Com ele morto, o que posso mais fazer? Além disso, duvido que por aqui exista trabalho para uma enfermeira ou que possam pagar o que ele me pagava.

— Meu tio estava tão bem assim?

— Não me diga que também desconhece isso...

Por sua resposta, era flagrante que não acreditava em nada do que ele dissera sobre o tio, a nenhuma convivência, a ausência de qualquer laço entre eles. Parecia também haver a absurda crença de que ele era o herdeiro mencionado e aguardado na lenda por ela contada. Valeria fazer indagações sobre isso? Provavelmente não, porque houvera na resposta que dera, em sua voz, em sua fisionomia, uma franqueza quase rude, nenhum resquício da reverência anterior, era como se ela agora o encarasse como a um igual. Mas igual a quê, pensou ele, lembrando-

-se que também o velho agira assim e depois o confundira com mil hipóteses, visões e também uma lenda, tudo para ele imprestável, coisas que só o faziam afastar-se do objetivo que à cidade o tinha levado.

— Devo partir em um ou dois dias— disse ela, por fim. — Para a casa não ficar abandonada, por que não se muda para cá?

— Me mudar?

— Está na hospedaria, não está? Como pode permanecer num lugar como aquele?

— Mas não pretendo me demorar na cidade. Então por que me mudaria?

— Não pretende se demorar, mas já está aqui há quase dois dias...

— Hoje à noite resolverei tudo.

— Com o velho?

— Amanhã bem cedo já devo estar longe.

— Acha que vai negociar a casa com ele?

— Como sabe disso? Discutiram o assunto?

— Não.

— Então como sabe?

Ela não respondeu, ergueu-se:

— De qualquer maneira, se resolver se mudar, me avise. Preciso arrumar seu quarto.

Ele também se ergueu, desceram para o andar inferior, antes de cruzar o portão e sair, o homem a ouviu perguntar, à guisa de despedida:

— Não tem ao menos curiosidade de conhecer o templo, antes de deixar a cidade?

Capítulo 4 - O porteiro

De lendas, o porteiro afirmou nada saber. Iletrado, talvez analfabeto, perguntou o que significava aquela palavra. Depois que o homem explicou, pôs-se muito sério, no rosto magro, pejado de sulcos e rugas, um espanto, como se se visse diante de indecifrável enigma, ou de alguma coisa que conhecesse, mas que nem sob indizíveis torturas conseguisse revelar, tão corriqueiras e naturais lhe seriam.

Estavam a meio do templo, o homem parado, o porteiro dois ou três passos atrás dele. O lugar era vazio de ícones ou de qualquer outra imagem, as paredes descendo brancas e lisas até o chão coberto de rude, áspero cimento.

À frente do homem, a poucos metros do fundo, uma espécie de mesa, retangular, de granito feita e de granito coberta, marmórea e regular, as extremidades arredondadas, apenas raso friso a separá-las do restante da pedra. A luz vinha de aberturas nas paredes laterais, espécie de ameias, estreitas e irregulares, a claridade a custo reforçada por pequena lâmpada no teto, bem no meio do cômodo.

À diferença da guardiã, o porteiro não o esperava, quando o homem bateu palmas no portão, abriu-o, cruzou a estreita via de pedras que levava à porta do templo, nele entrou. Nem por ele aguardava lá dentro (e nem o deveria aguardar, pois de sua visita não fora avisado), quando surgiu de inesperada porta lateral, sequer demonstrando surpresa por sua presença.

Não era tão alto nem tão aterrorizante quanto da primeira vez que o vira, o homem sem saber por que lhe inspirara temor, toda a fisionomia do porteiro agora a lhe parecer semelhante à dos sacristãos que sempre vira a guardar os templos de sua meninice, a eles se assemelhar na severidade dos traços, na vagueza do porte, na austeridade da expressão, tudo isso, porém, sendo apenas projeção do que para eles se transporta, assim como o homem transportara para o porteiro o temor que o templo lhe inspirara, ainda que pela primeira vez o visse.

Semelhante à guardiã, trajava vestimenta escura e inteiriça, e também se demorou em explicações sobre os motivos pelos quais não o deixara entrar na casa na manhã anterior, terminando por afirmar que seguia ordens do velho, desejoso de ver e conversar com o forasteiro, antes que conhecesse o que à cidade o tinha levado.

— Ele então lhe dá ordens? — perguntou o homem.

— Dá ordens a todos nós — respondeu o porteiro, fechando atrás de si a porta, aproximando-se.

Seus olhos eram claros, mas havia neles alguma coisa de espanto ou receio por se ver subitamente diante de um estranho que lhe pudesse fazer incômodas, indesejadas indagações.

— A nós quem? — voltou a perguntar o homem, o porteiro já agora a desviar o olhar, talvez arrependido do que dissera ou temeroso do que ainda poderia dizer.

— Aos que frequentam o templo? — insistiu o homem.

— Também — quase sussurrou o porteiro.

— A quem mais?

Sem responder, o porteiro deu de ombros, desejando fugir à resposta, como se aquilo não lhe dissesse mais respeito, o homem a pensar no velho, na fugidia figura à sua frente no bar, na voz de tons imprecisos, em tudo o que ele arquitetara, nas divagações, nas dúvidas e (pensava naquilo pela primeira vez) no desejo que lhe inspirara de deslindá-las, fazendo-o retardar sua permanência na cidade, procurar a guardiã da casa e o porteiro do templo, como se tudo aquilo não passasse de uma armadilha, algo por ele já determinado.

— A todos, já disse — finalmente respondeu o porteiro, a voz áspera, à semelhança de alguém que se desfaz de uma obrigação, ao mesmo tempo em que também se liberta, desfeito qualquer liame, embora com a certeza do que tal libertação pudesse lhe custar.

Foi então que o homem se referiu às lendas que na voz do velho e da guardiã da casa sobre a cidade existiam, o porteiro afirmando que delas nada sabia, sequer conhecia o sentido de tal palavra, o homem explicando e ele, depois de fundo silêncio, a talvez criar sua própria lenda: o velho, que à cidade não vinha com frequência, era o dono de tudo o que viam e ouviam, desde as ruas da cidade até as terras que se perdiam às margens do riacho e às que podiam ver acima e além do horizonte. Era ser ambíguo, de múltiplas formas, dessas formas se apossando e com elas a sempre encantar a cidade e seus habitantes. E tudo lhes sorvia, da alma ao sangue e do sangue às carnes dilaceradas. E, para o povo ter sempre à sua serventia, uma falange de 12 cavaleiros criara, com 12 forasteiros a preenchera e sempre desses 12 a um matava e depois seu herdeiro chamava e, a face do tinhoso em velho disfarçada, ao sucessor dava aragem, a fim de sempre tê-lo, como aos sucessores de todos os outros, à sua força e grito. Foi por isso, afirmou, que o homem tinha sido escolhido herdeiro e à cidade chamado, para do tio morto a morte cobrir e ser de outro morto anteparo e cobertura, sem remissão, até quando deles o velho fosse o eterno cultor.

PARTE II
AS PREDIÇÕES

Capitulo 5 - Primeira predição

O porteiro se calou e o homem reviu o velho sentado à sua frente à mesa do bar, os olhos de fogo, a áspera língua, as afiadas unhas e língua, tudo a lhe apontar para a herança, como fizera a mulher do homem a lhe dizer, na manhã do dia de sua partida:

— Enfim, você se resolveu?

Era na casa deles, no quarto, a luz do sol a varar a persiana, a leve cortina que à luz do sol de anteparo servia. Referia-se ela à viagem que ele deveria estender, na desconhecida cidade se apossar da herança, trazer para a vida dos dois um alento no qual não mais acreditava.

Ela estava deitada na cama, as pernas e os braços descobertos, o torso envolto no lençol, o corpo erguido, apoiado à cabeceira. À sua frente, o homem se vestia, procurando uma ou outra peça de roupa, incomodado ou talvez intimidado pelo olhar que a mulher não desviava dele. Ela parecia outra pessoa, como se alguém no quarto penetrasse e em seu corpo se instalasse.

— Você não é o herdeiro?

Ele sem responder, ela insistindo:

— Não quer ver a casa? Mesmo por fora?

Ele de novo sem responder, ela de novo insistindo:

— Você não passa de um forasteiro na cidade. Como poderá vendê-la? Segundo se sabe, há lendas que o povo ignorante de lá aceita. Uma delas diz que praticam o canibalismo. Outra que há uma espécie qualquer de metempsicose, as almas dos mortos se incorporando às árvores. Alguém pode acreditar nisso? E há os que dizem que seu tio por lá fundou uma seita, cujo objetivo ninguém conhece. Enfim, como pretende negociar com gente que acredita nessas coisas?

Depois, pôs-se a descrever minuciosamente a cidade, o templo, falou do riacho, da ausência do cemitério, da aparência do porteiro do templo e da guardiã da casa e os olhos lhe faiscavam quando tudo isso descrevia e seu rosto ganhava rugas e mudava de aspecto, assim como as mãos, que fazia correr pelo lençol. Perdido o viço, mostravam veias grossas e azuladas.

Ganhava do velho a aparência e a forma e agora falava do tio, descrevia-lhe a alta figura, os alongados dedos, no rosto o sorriso que de todos parecia zombar. E de sua partida e de sua chegada à cidade, nela a se instalar e nela a viver com uma ânsia jamais encontrada em qualquer outro lugar.

— Como sabe todas essas coisas? — indagou o homem.

— Você também poderia saber.

— Como?

Sem responder, ela se sentou na cama. Tinha do velho o sorriso, a dubiedade. E então lhe disse que por dois dias ele ficaria na cidade. No terceiro, conheceria os seguidores do tio, no templo. Iria até lá para negociar com eles. Mas, em vez disso, eles lhe mostrariam sobre a lápide do templo o corpo de uma criança morta. Os pais da criança se recusavam a enterrá-la no cemitério da cidade vizinha. Camponeses há gerações, acreditavam que assim ela perderia a alma, já que acreditavam também na lenda de que a alma da criança seria salva somente se ela fosse enterrada no bosque que a cidade circundava. Como forasteiro acabado de chegar, habitando lugar de costumes civilizados, e em homenagem ao tio morto, os doze seguidores gostariam de ouvir-lhe a opinião. Ele deveria levar em conta que o enterro no cemitério só poderia ocorrer no dia seguinte, e como a criança já estava morta há muito, o cadáver entraria em rápida e inconveniente decomposição, o que só faria agravar o sentimento de perda dos pais, além de provocar a justa repulsa da população. Mas, se ele concordasse, a criança seria imediatamente retirada do templo, levada ao bosque e ali sepultada e sua alma encontraria o merecido descanso, reincorporada às árvores que o bosque circundavam. Para júbilo de todos, ele concordaria e os doze seguidores prometeriam que, no dia seguinte, resolveriam a questão da casa.

Capítulo 6 - Segunda predição

E assim ele permaneceria na cidade e na noite do quarto dia estaria de novo no templo. Lá, contudo, em vez da questão da casa resolver, levariam à sua presença uma anciã que, enlouquecida, pela cidade vagava. Segundo eles, era a mãe da guardiã que, à procura da filha, as ruas percorria. Só que, a filha sendo incapaz de encontrar, desvairada, tinha-se posto a atacar todos os que dela se aproximassem, já nisso tendo ferido três crianças. E, mesmo pela filha achada, não tinha sido possível acalmá-la, a tal ponto que não supunham seguro libertá-la das amarras com as quais fora imobilizada para ser levada ao templo. Tampouco julgavam seguro deixá-la na cidade ou permitir que dali partisse, devido à sua flagrante insanidade e velhice. Por isso, visando à segurança de todos e da própria velha, concluíram ser preferível ressuscitar o hábito de os ameaçadores e faltosos matar, a fim de que todos, e principalmente os pais e parentes das crianças feridas, pudessem encontrar a paz que lhes era tão indispensável. Ele deveria, portanto, levar em conta o caráter de exceção de tal medida, mas pesar sua inevitabilidade. E para deixar clara a isenção com que àquela conclusão tinham chegado, entregavam-lhe um punhal com o qual deveria fazer a vontade do povo, caso com isso concordasse. O homem então a velha mataria, para alívio dos que no templo estavam. Ocorre que alguns deles, embora não mais o praticassem, eram também fiéis adeptos do antigo costume de os cadáveres devorar e, vendo na morte da anciã a oportunidade de exercitá-lo, sobre seu corpo se atirariam e em pouco dele nada mais restaria. Os seguidores então o convidariam para ao templo voltar no dia seguinte, quando então, em definitivo, com ele resolveriam a pendente questão da herança.

Capítulo 7 - Terceira predição

E assim o homem permaneceria na cidade e na noite do quarto dia estaria de novo no templo. Os seguidores então lhe diriam que, depois de estudar detidamente o negócio, tinham chegado à conclusão de que não poderiam realizá-lo. Era-lhes impossível dispor de qualquer quantia além daquela que lhes garantia a subsistência, já que aqueles últimos tempos tinham sido os piores para a colheita de grãos e para a venda do gado, únicos meios dos quais tiravam recursos para sobreviver. Não restava portanto a eles outra alternativa senão a de na cidade permanecer, à espera de que melhores dias viessem e com eles os recursos para a concretização do negócio. E, ainda que isso não ocorresse, da cidade ele já não poderia mais se ausentar. Fora o responsável pelo ressurgimento de hábitos há muito esquecidos e que poderiam, como no passado, trazer também agora terríveis represálias para os habitantes da cidade. Se insistisse em partir, teriam que matá-

-lo, a fim de terem a certeza de que o ocorrido no templo permaneceria em segredo, garantida desta maneira a segurança de todos. Se, contudo, na cidade consentisse em ficar, a ele seria concedida a parte mais importante da herança deixada pelo tio: estar à frente do templo e de seus seguidores, incentivando a disseminação dos hábitos dos quais, conforme ele mesmo testemunhara, a cidade não conseguia mais se desvencilhar. E entre eles permaneceria até quando lhe fosse pedido que um herdeiro indicasse e ele se pusesse a aguardar o dia em que ele mesmo seria sacrificado, como fora seu tio e como seriam os 12 que a ele seguiam.

Epílogo

A mulher continuava sentada na cama e agora, calada, todo o futuro do homem determinado, tinha nos olhos algo mais que curiosidade, alguma coisa semelhante a desprezo, o mesmo desprezo que o homem vira nos olhos do velho.

Foi quando se aproximou dela, sentou-se também na cama, abraçou-a, vergando-lhe o corpo e, depois, para não mais ver em seus olhos os olhos do velho, seu rosto cobriu com o travesseiro e apertou-o até que ela não mais se mexesse.

Em seguida, estendeu-se na cama, todo o predito pela mulher — a cidade, o templo, os seguidores do tio, os hábitos, o velho — agora para ele se assemelhando a borrões, figuras imprecisas de cujos contornos não se demoraria a esquecer.

-2-
A POSSESSA

Seu nome era Gabrielle, mas todos só a chamavam de Belle. Mirrada, esquálida, dois gambitos a sustentar o corpo de retirante do Seridó, cara de Santo Antônio de Categeró, apenas as bochechas mais descaídas, a pele clarinha, de alvaiade, o olhão preto arregalado; mesmos o espanto com as coisas do mundo, o apego à Virgem, ela Filha de Maria, no Desterro.

Desde criancinha, quando a mãe a imaginou uma santinha, presenteada, presente de consolação, ela já à beira dos cinquenta a ganhar aquela figurinha que via chorar no berço, mas também ocupante do altarzinho da sala, a aparecer, resplendente, ao lado da paridora do criador. Não só no altarzinho, também sobre o telhado nos dias de chuva; no alto da mangueira do quintal, companheira compartilhadora do canto dos passarinhos; também a levitar pelos corredores nas madrugadas de suas insônias, o vento a rugir pelas frestas das gelosias.

Mamalhuda, a mãe. E obtusa, falta de discernimento, o que lhe sobrava em mamas ausentava-se-lhe em inteligência. Cândida foca amestrada. Ora vejam, acreditar-me um milagre. Impregnou-me disso toda a infância. Libertou-me a Virgem, ao me apontar o caminho reto, as lições do catecismo, da Santa Madre, dos santos, sua amorável figura adorada nos nichos do Desterro. Nos dias de procissão e nos outros, em que me punha sozinha, a nave deserta, diante do Crucificado. Em tão grande contrição que só a custo erguia os olhos, divisava entre lágrimas suas lamentosas chagas.

O pai, ao contrário, peralvilho, a se esgotar com amantes, atribuía a filha a uma irreflexão, descuido. Não era bem assim, pensavam os amigos. No boteco do galego:

— Quem diria? O Barroso, depois de velho...

— Pois é.

— E a Gertrudes! Tremendo trambolho!

Torceu o bigode o Cascatinha. E, senhorial:

— Nem sempre. Nem sempre.

Setembrino, sentencioso:

— Lástima!

— Teve encantos. Muitos.

— Noutros tempos. Ela e outras.

Os olhos perdidos, depois de um golinho de cerveja, o suspirinho fundo, gemidinho lamentoso:

— A Dolores, a Cremilda, a Cleonice...

Setembrino sobre ele o olhar pousado, nas pelancas, o pescoço vincado, de peru, no fundo bigode chinês:

— Todos nós. O tempo.

Calou-se quase num espanto, os olhos de Cascatinha a desvesti-lo, os dois iguais, iguaizinhos, ora, ora.

E Setembrino, como a aliviar-se:

— Menos o Barroso.

Cascatinha muxoxou:

— Fonte da juventude? Acredita? — leve risinho.

Deboche? Inveja?

Setembrino deu de ombros, tinha-lhe desviado a atenção, o que importava. Não suportaria se ele mais detivesse o olhar sobre sua pele pálida, de cadáver, os olhos empapuçados, a calva, os dentes postiços, ah! maldição dos deuses, a emasculação do tempo, devolvessem a virilidade a Salomão e adeus Eclesiastes. Tragédia. Tragédia.

Acrescentou:

— Alguma coisa haverá.

Novo risinho do Cascatinha:

— Pode-se perguntar a ele. Quem sabe... a receita...

E Setembrino, rápido:

— De qualquer maneira, um perigo.

Cascatinha, a encará-lo, num espanto:

— Perigo?! Ora essa!

— Gertrudes quase morreu.

— Ah!

— Parto dificílimo.

— Pudera! Xoxota enferrujada, sabe como é...

Setembrino, a voz profunda:

— Enferrujadíssima!

— Corajoso, o Barroso!

— Muito...

— Uma filha. Naquele canhão!

— Naquele.

— Imagine o sacrifício!

— Descuido!

— Seja o que for, valeu a pena.

— Valeu?

— Liberou-se.

— Hein?

— *Habeas corpus.*

— Peraí... peraí...

— Ganhou. Perpétuo.

— Mas...

— Filha única. Gertrudes derretidíssima com a menina...

Setembrino, leve tapinha na testa:

— Ah, isso... o tempo todo ocupada.

— E ele... as outras...

— Então não foi descuido.

Setembrino perdeu os olhos pela porta do bar, pelos carros que passavam na rua, um ou outro transeunte. Suspirou fundo:

— Espertalhão, o Barroso.

E Cascatinha, num suspiro sentido:

— Grande... grande espertalhão...

A VIRGEM

Nesta cama me deito,
desta cama me levanto.
Virgem Nossa Senhora,
cubra-me com o seu manto.
Se coberto com ele for,
não terei medo nem pavor
de qualquer coisa que deste
ou do outro mundo for.

Ao longo da nave, nas paredes laterais ao altar, os nichos, abrigos dos santinhos, em suas figurinhas de luz e cor. Logo abaixo deles, letras redondas gorduchas cinzentas de chumbo, os nomes dos afortunados aos quais se devia a feitura daquelas dádivas, a pintura dos rostinhos, das delicadas feições, da santa paz que deles vinha.

Também os mártires supliciados (bruto sofrimento à visão das flechas fincadas fundas santas coxas, divinal peito de São Sebastião; o exposto, vermelho de romã rubro bife de fígado, pobrezinho coração do Cristo).

Dom Pedro Massa, Domingos Alves Ribeiro, Felix Bernardelle, Teixeira de Aragão, André Vesálio, Manoel Caldeira de Alvarenga, nomes dos bem-aventurados, todos no paraíso, a alma leve pelo bem-feito, ah, inveja doída tenho também ostentar-me perpetuada nas sacrossantas paredes queria, queria *ad infinitum; ad perpetuam rei memoriam*. Raiva, frustração, o pai, recursos nenhuns, a mãe prendas domésticas, como alcançar as graças reservadas aos bem aquinhoados validos das indulgências, mais próximos da divindade justo por causa disso? Justiça naquilo? Hun? Haveria? Não deviam todos aquinhoar-se? Como os veriam os divinos olhos das divindades?

Debatia-se naquilo, mas logo o cândido olhar dos santinhos a acudia, ah, aquele o único caminho, suspirava aliviada, arrependida de mesmo por tão fugaz momento duvidar da larga senda da Santa Madre. O mesmo bendito sermão não pregava dia sim, dia não, o bom do padre Inácio, velhinho de setenta e picos? O castíssimo Severino, padreco do braço troncho, o esquerdo, em algum momento tinha duvidado? O narigudo nasaludo beato Pedro José, a tomar as vezes dos santos, do Salvador tão avassaladora sua fé devoção, Deus no céu na terra sobre todas as coisas e loisas, olerê, olará. Pois então? Era isso, nada mais, mais nada.

Consolava-se: bastava imaginar-se entre os merecedores, nas hordas por eles formadas dos primeiros bravos desbravadores por aqui a aportar, ungidos abençoados pelo reisado reinado da corte d'além-mar, a enfrentar os rudes desvãos da travessia do fero oceano e depois em terra a se haver com os selvagens bravios bugres infiéis de Deus ainda despossuídos, dominar-lhes os destinos, transformá-los no que hoje eram: o bravo povo do Campo Grande, a louvar ao bom Deus no amparo do Desterro, para sempre seja louvado.

À direita, a mais próxima ao altar, a Santa Virgem, pequenina, as mãos postas, em contrição, os olhos a fitar quem à sua frente se pusesse, no rosto angelical impreciso sorriso. Com sorriso idêntico, ela ali se quedava, ajoelhada, os olhos a se fechar, toda imersa naquela santidade. Um torpor a invadia, seu corpo, lasso, adormecendo-se, a ser tomado por lembranças imemoriais, a cavalgar, pedrês fogoso corcel, finos arreios, ela, vestes brancas, alvíssimo véu à cintura esvoaçando à brisa das manhãzinhas sufocantes do Oriente. Ia à frente do troço de seu Senhor, rumo à libertação da Terra Santa, sufocada, torpeza, nas torpes mãos dos imundos infiéis. E entoavam doces cantigas:

Em Lixboa, sobre lo mar,
barcas novas mandei lavrar
ai mia senhor veelida!

Em Lixboa, sobre lo lez
barcas novas mandei fazer,
ai mia senhor veelida!

Barcas novas mandei lavrar
e no mar as mandei deitar,
ai mia senhor veelida!

Barcas novas mandei fazer
e no mar as mandei meter,
ai mia senhor veelida!

O BEIJO

À noite, adormecida, a Virgem a guardava, seu hálito, perfume, o longo manto azul-piscina a acobertá-la na friagem das madrugadas. E os sonhos eram-lhe um encanto. Nas raras vezes em que insuspeitos sustos a despertavam, logo sentia-se embalada por seus dulcíssimos braços, como se do santo Filho tivesse tomado o lugar, recebendo, ainda que por fugaz instante, o mesmo divinal lenitivo.

Imaginava assim sempre serenos, remansosos seus seguintes dias, sua inteira existência. Pois se era por si Jesus e sua legião, quem seria contra si?

Certa noitinha, sentou-se na cadeirinha de balanço do pai, no sossegado da varanda, tirou gostosa sonequinha. Em meio a ela, uma pombinha apareceu, toda branca, linda, pequenininha, a se aproximar mais e mais e de repente numa santinha a se transformar, a pespegar-lhe estralado beijo na bochecha (a direita), empós em pombinha de novo se tornar, em voo gracioso dela a se afastar.

Já acordada, a ajudar a mãe nas lidas da casa, da janta, mal se lembrava do sonho. Só que ele se repetiu, naquela madrugada e nas seguintes. Durante toda uma semana. Ainda assim, ela para ele não atentou em demasia, embora, vez por outra, assaltasse-lhe a curiosidade de identificar a santinha que tal fazia. Tudo, porém, deleitava-a tanto, era tão graciosa a indecifrada face, a pombinha a se elevar mais graciosa ainda que ela sorria, abandonada qualquer vã preocupação. Por vezes, acariciava com as costas da mão a face, a beijada, de novo a buscar o aveludado dos lábios que com tanto carinho nela eram pousados.

Outra semana se passou e na primeira noite da seguinte a santinha pespegou-lhe, em vez de um, dois beijos, a estralar agora em ambas as bochechas e, sem que ela desse por isso ou pudesse a isso reagir, sufocou-lhe o rosto entre as mãos, arrematou os beijos anteriores com um último, sôfrego. Na boca. De língua.

Áspera, despertou ela. Um grito na alma. Oh, santa! Minha santinha! És mesmo uma santa ou não passas de reles putinha?

Dia seguinte, dores. Desamparo. Manhãzinha. Chuvinha. Goteira, telha, gretada varanda. Papai, mamãe. Como acreditar? Mistérios? Poderes?

Correu ao Desterro, pôs-se de joelhos, indagações à Virgem. O pecado. O pecado a sorvê--la, a manhã inteira a relembrar. E a ansiar por novo beijo! Desconhecia-se! Que ela descerrasse o véu, onde o norte, o rumo, seu destino? Creio em Deus pai, todo-poderoso, criador do céu e da terra! Creio! Creio! Creio! E a Virgem, ela mesma, de seu nicho saída, à sua frente se pôs, avantajada, alta, das vestes santas despida, quase desnuda, cabelos revoltos, mãos sábias, sabedoras, safadas a seu corpo vasculhar, a descer, às suas belezas procurar, a cobri-la de beijos loucos pela face, pela boca, ombros, mamilos, ela, ela, ela mesma a dos sonhos, agora a face desvendada, o despudor, ah, o despudor, ela pequenina apequenada tantas carícias enlouquecida Satã desaçaimado Satanás, Zazas, Zazas, Nasatanada, Zazas, a falange, demônios, demônios, a tomar o templo, a escorrer, gosmentos, pelas paredes, a se fechar sobre ela, ela a se compor, as vestes, a fugir às mãos da Virgem, a buscar a luz, o sol, o sol, a luz, a luz.

(... e Lúcifer, irmão gêmeo de Cristo, desafiou o Velho Pai e caiu em sua luz fálica na cova sem fundo da Deusa Mãe, santuário uterino, caverna sagrada do renascimento. E Cristo, o Deus, é o filho amante da Virgem Maria, sua mãe.)

O ESPÍRITO ENCARNADO

Adjure te, spiritus nequissime, per Deum om-nipotentem

Assim devia o vetusto e digníssimo sacerdote designado, padre Paranhos de Tomasina, iniciar a cerimônia. E a ele, padre Danilo Esperidião, mais jovem, inexperiente em tal mister, cabia a tarefa de secundá-lo. Ou, caso o santo Paranhos sucumbisse diante do Tinhoso, o de fazer-lhe as vezes. Também o Dr. Alberto Ferraz, assim como Barroso, o pai da moçoila, deviam acudi-los.

Ele, padre Danilo, puxaria a primeira reza:

Pater noster, qui es in caelis, sanctificetur nomen tuum. Adveniat regnum tuum. Fiat voluntas tua, sicut in caelo et in terra. Panem nostrum quotidianum da nobis hodie, et dimitte nobis debita nostra sicut et nos dimittimus debitoribus nostris. Et ne nos inducas in tentationem, sed libera nos a malo. Amen.

JÁ SE NASCE COM O DESTINO TRAÇADO

Desde o primeiro vagido, vindo ao mundo pelas mãos da velha Olegária, paridora mor de todos os nascidos no Bodegão, nos idos do antigo Matadouro, o pai decretou:

— Vai ser o que eu não fui!

Ou seja, Capuchinho da Ordem Maior de São Francisco de Assis. Guardava segredos, o velho. Ah, numerosíssimos! O principal: devoção marotíssima, um olho no céu, outro no inferno. Com a hipótese do purgatório, praticamente garantida com o nascimento do filho. Explica-se: moravam num casarão, castelo erguido sobre as almas e os cadáveres dos que ele escorchava no Bodegão — ele, publicano naquela Roma de segunda classe da Central do Brasil. Então, num quartinho apertado e sujo, nos confins do imenso corredor, "podem rir, seus hipócritas, mas Deus me apareceu e me disse que eu acabaria nas chamas do inferno se não lhe oferecesse a alma do filho que eu não tinha. E que eu não queria".

Pronto. Selava-se o destino de Danilo Esperidião. Que aos sete anos já cursava o seminário católico dos Freis Menores da Providência, na Floresta da Tijuca. Vinte anos mais tarde, o pai em seu leito de morte, o filho a ele perguntou:

— Pai, Deus só queria a minha alma. Então por que me enfiar naquele bendito lugar?

O velho arregalou os olhinhos, abriu a boquinha, como se pretendesse responder. Em vez deu um risinho que o filho jamais ficou sabendo se de pena, vingança ou escárnio.

No enterro

A amulatada cara do rabugento do Irineu es-
tirou-se um palmo além do pescoçudo pescoço para encará-lo de viés, através da pança do
Ambrosino.

— Os boatos... — repetiu a murmurar Amaral, o doutorado em próteses e dentaduras para
as bocarras de Santa Cruz, Bodegão, adjacências
e demais subúrbios.

— Hein? — pescoçou Irineu.

— Boatos... os boatos... — ressoou Ambrosino, a voz a sair-lhe pela pança, mais precisa-
mente pelo umbigo.

— Que boatos? — repetiu Irineu, um tom
abaixo do normal, o esforço de manter o pescoço
naquela posição a exauri-lo a tal ponto que des-
prendeu a cabeça do dito pescoço, estendeu-a à
frente de si, ambos os braços, mãos em concha, a
ampará-la, agora sim a encará-lo bem de frente,
ao Amaral.

Andavam os três alinhados, os passos, gansos, rumor de cascalho, funéreos, rumo à última morada do douto doutor Quartilio, há bons cinquenta anos mor vice-rei daquela comarca, dono e proprietário, faz-faz absoluto dos gostos e desgostos, almas e corpos locais atuais e os porventura vindouros.

Chuviscos, Ambrosino pançudo a portar sobre eles imenso vermelho berrante obsceno guarda-chuva, Amaral hirto de vergonha pela referida cor, joaninha grandona estonteada casco desembestado a gingar por entre lápides a pisotear covas rasas.

E o olhão fixo do Irineu que se pôs a encará-lo, ao Amaral, fixo, fixo por demais, a ponto de tais olhos baços de pura catarata, senilidade, o incomodarem, como a repetir que boatos, que boatos, na voz umbilical do Ambrosino. Ostensória.

Amaral girou a cabeça, a vista perdida pelas pobres sepulturas, pobre o cemitério de Santa Cruz, um tantinho melhorado Valongo, o dos Pretos Novos, os negros a descer à cova rasa nulzinhos da silva envoltos em cruas esteiras, ó opróbrio, almas sem rito nem venerações condenadas: vagar para todo o sempre, opróbrio opróbrio. Seria o que pensava e desejava o Irineu pescoçudo acontecer com a alma do douto Quartílio? Se não assim, por que se pusera, seguido por sequazes do mesmo quilate, a espalhar por toda a grande Santa Cruz (até de artigo não assinado, publicado pelo venal acanalhado do Isaías dono do único jornal local, pasquim sempre contrariado em seus propósitos pelo *de cujus*) a apregoar aos sete ventos e ares a revolta ocorrida no casarão, comandada pelo acrioulado mestre Saul, tendo o dito mestre, à frente dos demais assalariados, assassinado violentamente o ora defunto?

O que ganharia ele? Mais provável alguém o mantivesse a soldo, rédeas curtas, misterioso, escondido, favorecido pela patranhice. Vil.

Mas e se...

A mão direita do Amaral escorreu por dentro do bolso interno do paletó branco de linho, afagou as folhas, três, do folhudo discurso funéreo até de madrugadinha a prepará-lo a mulher resmungona contrariada de ver tanto empenho em reverenciar quem, ora, ora, parece até que se esquecia mocinha recém empregada no casarão teúda e manteúda pelo senhor de todos nós que um dia me chamou a mim, seu serviçal, e também a ela chamou frente a frente nos pôs eu a lhe ver a carne macia dadivosa cobiçada e o doutor a rir risinho silente de canto de boca e depois que a fez sair a se virar para mim:

Home que gram bem quer molher
gram dereit'há de trist'andar,
ca se lh'ela nom quer prestar,
al do mundo nom lh'há mester,
Mais que mester lhe pod'haver
o que lhe nom pode tolher
tal coita como sigo tem?

Com o que, depois do dito, a mulherinha trocou de fronha e lençol, panos e haveres para nova vivenda, ele, o ganhador daquela prenda e de outras, correspondentes ao seu sustento, ao sustento e paga de estudos vários, daquele justo dia em diante amanuense, escrevinhador a escrevinhar os ditos do douto doutor arrazoados e petições com a única exclusivíssima obrigação "de me livrar para sempre desta zinha". O que ele fez pelos trinta anos entrantes, a ver-lhe o viço minguar o ventre a se abaular os achaques a torná-la traste de mais triste ainda memória.

Suspiro fundo deu o Amaral, já quase ao pé da cova, as muitas gentes quase a lhe encobrir o caminho, ele a se desguiar dos mais afoitos em lhe apertar a mão como se à família pertencesse, engalanados em roupas e saias resplendentes de naftalina, ah, hipócritas escondedores de escondidas revoltas, maldições agora ainda por cima a disfarçar último risinho de puro escárnio, aflição ou esmerado alívio.

Mas e se...

Verrumou-lhe de novo a hipótese do assassinato. A ser verdade, aquilo lhe... oh, desmascarava-se toda a sua vidinha, ele a se debater entre a indignação pelo crime e sua própria corrupção, tantos anos a viver de benesses, embora mui bom sabedor de onde provinham, todas, todinhas, até sua mulherinha a se... A figura do crioulo Saul avultou-se, ao mesmo tempo libertador e carrasco, agora também intimidante ceifador de quaisquer sonhos, pretensões. Onde o homem puro que um dia sonhei ser? Acanalhado, irremediavelmente acanalhado assim me vi. Assim os outros me viam, os que se apertaram na capela, os que agora à beira da tumba de viés para mim olhavam. Todos. Acusatórios. Por demais.

Foi aí que saltou-lhe à frente a cabeça do Ambrosino, os olhos injetados bolas de gude, grandes, grandonas, a pular fora das órbitas, a encará-lo, logo seguidos pelos presentes, ele a se ver varejado exposto por miríades de olhos coruscantes, horror a subir-lhe pernas acima, a tentar sufocá-lo, com punhal afiado desviscerar--lhe do peito o coração *atirá-lo fundo na cova ao lado do doutor defunto já lá* devidamente acomodado. O defunto, ele sim, Imperador do Bodegão, o mal, o mal cego e sem rosto que sobre todos se abatera, teve vontade de gritar. Só que o Imperador morto, o mal em mim se incorporava. Ah, tarde para compreender aquilo, o filho, Danilo, a salvo nas mãos de Deus, eu agora único legítimo herdeiro e seguidor, assim visto e tomado. Seriam aqueles olhos todos os olhos do próprio Senhor, da punição que sobre mim pousava, o fero punhal do acrioulado Saul a mirar--me a jugular? Hun? Seria?

Sopesou o discurso no fundo do bolso, em busca da obrigação, ela talvez o livrasse, ora se.

Nem bem os dedos tocaram o papel, queimaram-se, as chamas a se lhe alastrar pelo corpo, logo labaredas, ele dali a desabalar, rumando carreira por entre as covas, varejando pelas lápides colibri desembestado chamuscando os pequeninos arbustos tocados a seus pés seguido pelo troar de legiões de diabos diabinhos e diabões, a culpa, a culpa por eles alardeada em gritos e gargalhadas a atroar terra e céus.

O SEMINÁRIO

— Ora, então é o filho do Quartílio?! — exclamou Paranhos, o padre prior, os olhos fixos no garoto. Surpresa ou desagrado? Sorriu. Desajeitado. A cara angulosa se franziu em redor dos olhos, nos cantos da boca. Estavam no gabinete dele. Amplo demais, móveis pesados demais. Gavetões guardadores dos paramentos. Sagrados. Desde sempre.

A mão ossuda do prior correu pela batina. Branca, linho. Moldava-lhe perfeitamente a pança. Era de louvar a santa fé, a dedicação das beatas de antigamente. Dona Francisca, velha de setenta e tantos, sentada à máquina de costura rangedora, fiandeira de mágicos fios, batinas, estolas, casulos, sobrepelizes com rendas e sem rendar. A jorrar da rangedora. Por quatro patacas. Que ele tirava, em nome e com a devida aquiescência do Santíssimo, da sacolinha de esmolas das paróquias do interior por onde andou. Passado, mais de trinta anos. Hoje...

A mão, rápido, deixou a batina, perdeu-se no tampo da mesa. Hoje era aquilo, batinas, paramentos variados e...

— Tudo à venda na internet — exclamou a figurinha à sua frente.

E gargalhou:

— Onde também se encontra a *linhapapafrancisco.com.br*. Enxoval papal completo à venda, por preços e condições as mais variadas.

Novo gargalhar. Era agora moço de vinte e cinco anos, todos passados naqueles corredores e celas, nos vagares das tarefas e estudos. Mas também nas armadilhas de Satanás. O prior ergueu os olhos para o céu, contrito. Ah, acima de tudo as armadilhas.

O gargalhar do moço não arrefecia, escarninho, a entranhar-lhe pele e ossos. Moço ele também, onde a coragem para se portar tão desabrido diante de um velho e revelho, da autoridade, sim, sim, o que ele era, representava. Onde?

— Cordis, esse o nome. Do site. Batina com amito, faixa e mozeta; mitra Tereza; mitra Francisco; dalmática São Lourenço...

Ciciantes, insidiosas, cada palavra acutilava o prior, um gemido, uma graça, uma bênção, uma prece custava-lhe. E o rapaz:

– ...dalmática São Benedito, casulo, menorá...

O prior, num resmungo áspero:

— Ah, basta, basta! Pensa que não sei?

O rapaz, agora voz dulcíssima:

— Então por que insistir, Paranhos?

Oh, chamá-lo pelo nome, a voz a desnudá-lo, ao rapaz à sua frente, os cicios, ah, conhecia-os, conhecia-os.

E logo que saltou em terra, foi ter com Ele um homem vindo da cidade que estava posses- so de demônios. Pois há muito tempo se tinham apoderado dele e o povo guardava-o preso com cadeias e grilhões; mas ele, quebrando as prisões, era impelido pelo demônio para os desertos. E perguntou-lhe Jesus: "Qual é o teu nome?" E ele respondeu: "Legião".

— Então acha que também eu? — e Danilo, a batina preta, cabelos emplastrados, de pé, bra- ços ao comprido, retos, logo em aspas ao longo do corpo, se pôs ar tão contrito que parecia fi- gurinha saída de um quadro religioso. Medieval. O olhar, endireitado, malévolo, tão que o prior desviou o rosto, um tremor a tomá-lo.

— Acha mesmo?

Pela janela escancarada, morro, floresta da Tijuca, uma revoada de padres de preto cruzou os ares. Num susto, o prior se ergueu. Baixinho diminúculo pôs-se na ponta dos pés. De onde estava, daquele ângulo Danilo o via, minguado abutre careca. A revoada escorreu pelo céu. En- roscava-se nas nuvens baixas, sumia, reaparecia em pontos outros, vários: por sobre a copa das árvores, por vezes rente à janela, rasante à corni- ja do frontal, quase a atropelar a gárgula corcun- da da fachada.

O que os unia no céu, garantidor dos ara- bescos, segurador das sarabandas? Hun? O prior sabia, ah, sabia. Sabia sim: o mesmo fio que o levara para longe do Bodegão, a revelação, os braços largos, fartos do Senhor. Inefável. Isso aí.

— Vendo minha alma ao Diabo.

— Faz isso não, Quartílio. Faz isso não.

— Faço. Para ficar rico.

E com um risinho, o mesmo — zombador, matreiro, escondedor de que mistérios? — do filho, a enturvá-lo vinte e cinco anos depois:

— Faço, sim senhor. Faço.

Treze noites e treze dias nas treze colinas do Bodegão, a alma enfim apossada, Baal, o de catingudo hálito, era agora seu dono, senhor e amo. E Quartílio enriqueceu.

Quanto a Paranhos, conheceu a libertação, o chamado do Senhor, na matriz de Santa Cruz, a de Nossa Senhora da Conceição.

— Padre, que é esse clarão?

— É a luz de Deus, meu filho. Iluminando.

— Padre, que é esse vozeirão?

— A voz dos anjos, meu filho. Clamando.

— Padre, que é esse choro?

— O choro do homem, meu filho. Penando.

— Padre, que é essa lágrima?

— A lágrima do Pai, meu filho. Se lamentando.

— Padre, que é esse palpitar?

— A igreja em seu peito, meu filho. Te chamando.

Verso e reverso

— Tenho grande simpatia por Satanás.
O moço disse e, encarando-o, cara de Satanás de ressaca:

— Pôr uma bomba numa igreja é a mais pura maneira de acreditar em Deus.

O prior: "Sim, sim, eles são legião. Quando eu era moço e agora também, sem um dia, uma hora, um minuto, lenitivo algum, eles me perseguem. O que o Senhor ao longo de todo esse tempo tem-me reservado? Esse moço? Esse à minha frente a escandir cada sílaba, asas de colibri, pérolas a rebrilhar nas águas encobridoras dos anjos decaídos? Nos covis do paraíso? Quartílio, o pai, ele sim, um deles. O principal. Não esse moço. Não ele".

Danilo: "Xô, urubu! Xô, xô! Papagaio come milho, periquito leva a fama. Bom de bico esse prior. Por demais. De minha mãe, certo, certo, dois mais dois quatro, não sei nada. Nadinha. Só sei que ela, justo depois da parição, sumiu, escafedeu-se pelas lonjuras do Bodegão. Fui criado pelo Amaral e pela mulher do Amaral. Foi ele que me deixou nas mãos do prior, eu com sete anos. Justo nessa idade, justo nesta sala".

Imolaram os seus filhos e suas filhas aos demônios.

— Oh! Inúmeras são suas máscaras — e o prior fez um gesto resignado. Estava lá, no grande santo Livro. O rapaz tinha sido imolado. Eis o fato. Era filho do Leproso.

Ah, Satanás! Por que ele o escolhido? O pai ali o tinha colocado para salvá-lo. Então por que você o perdeu, escondido, disfarçado em sombras, e como sombra a possuí-lo, a segui-lo pelos corredores em horas ermas, a com ele se aconchegar na cama, na cama do grande dormitório e depois na humilde cela, ele já noviço, a mesma cela na qual o prior se esgueirava para cobiçar-lhe os sonhos, os mesmos corredores pelos quais em ermas horas o prior o seguia, vigiava-o, respirava-lhe o mesmo ar, a perder-se de desejos de nele se perder? Oh era ele, ele, o prior: Satanás era!

Ergueu-se em agonia, em agonia estendeu as mãos para tocar o rapaz, precisava, precisava. Oh, Deus! Oh, Deus! tanto tempo, tantos os anos iludido, perdição, a perdição eterna.

Recolheu o gesto, deixou-se cair na poltrona, um traste, imprestável. Abandonado por Deus, imolado pelo Diabo, a alma pendurada no sacro madeiro, perdido entre os homens. Só ele estava.

O EXORCISMO

Solenes, entram os quatro no quarto, em procissão. Paranhos à frente, Danilo logo atrás, mais o médico Alberto Ferraz e mais Barroso. Paranhos veste sobrepeliz e sudário, ambos púrpura. Faz o sinal da cruz e, hissope na mão, asperge água benta sobre Belle.

Na cama, amarrada estava,
amarrada ficou
que a Virgem não podia
ser tão afrontada.
Assim pensava a mãe,
a mamalhuda,
a quem aquilo
incomodava mais
que galho de arruda.

Oh, Satã, tu que és a sombra de Deus e de nós mesmos, digo estas palavras de agonia para tua glória. Tu és a dúvida e a revolta, o sofisma e a impotência, tu vives novamente em nós, como nos séculos atribulados quando reinaste, manchado de sangue das torturas como um mártir obsceno no teu trono das trevas, brandindo em tua mão esquerda o cetro abominável de um símbolo fálico.

Hissope em riste, Paranhos canta, Danilo faz a contravoz, em cantochão:

Sancte Antoni,
ora pro nobis.
Sancte Benedicte,
ora pro nobis.
Sancte Bernarde,
ora pro nobis.
Sancte Francisce,
ora pro nobis.

PENSAMENTOS DO PAI

São Cipriano, traga muito dinheiro, riqueza e fortuna pra mim. O galo canta, o burro rincha, o sino toca, a cabra berra. Assim tu, São Cipriano, hás de trazer muito dinheiro, riqueza e poder pra mim. O sol nasce, a chuva cai, faça, São Cipriano, que o dinheiro, a riqueza e a fortuna sejam dominados só por mim. Que seja assim! Preso debaixo do meu pé esquerdo, com dois olhos vejo o dinheiro, a riqueza, a fortuna. Com três, prendo o dinheiro, a riqueza e a fortuna. Com meu Anjo da Guarda peço que muito dinheiro, riqueza e fortuna venham até mim. Peço ao poder das Três Almas Pretas que vigiam São Cipriano. Assim seja!

Assim será! Será feito assim!

Paranhos
Com voz de trovão:
— Nós te exorcizamos, espírito imundo, potência satânica, invasão do inimigo infernal,

legião, seita diabólica. Em nome e pela virtude de Nosso Senhor Jesus Cristo, sejas desarreigado e expulso desta alma, criada à imagem de Deus, resgatada pelo precioso Sangue do Divino Cordeiro.

Manda-to o Deus Altíssimo.
Manda-to Deus Pai.
Manda-to Deus Filho.
Manda-to Deus Espírito Santo.
Manda-to o Cristo, Verbo Eterno de Deus feito carne.

Legião

Entravam pela porta, pela janela, pelos desvãos das telhas, pelos suspiros dos passarinhos. E se espalhavam pelo quarto. Rondavam o cômodo, sempre à tardinha, as grandonas, verdonas, as que vicejavam nos defuntos, nas carnes putrefatas, à beira das sepulturas, nas noites do sétimo decanato de Netuno, quando as bruxas se alvoroçam, afogueadas, esfregam-se sob a chuva, endemoninham-se sob os trovões.

— São tão alegres, tão bonitinhas — dizia Belle, os olhos grudados em Belzebu, o senhor de todas elas, pousado no espaldar, à direita de seu olho esquerdo, ela à espera de que ele alçasse voo. O que ele só fazia quando as restantes se aquietavam, distintas, qual fila de soldadinhos em uniformes verdejantes, enfileirados ao longo do lençol. E invocavam e sua evocação pelo céu, pela terra, pelos mares entoava:

Satã, esteja conosco.
Rei da luxúria, ajudai-nos.

Príncipe das fornicações, ajudai-nos.
Pai do incesto, ajudai-nos.
Serpente do Gênesis, ajudai-nos.
Armador dos braços de Caim, ajudai-nos.

E cantavam:

Lúcifer, miserere nobis.
Leviathan, miserere nobis.
Bael, ora pro nobis.
Asmodeu, ora pro nobis.
Belial, ora pro nobis.
Juniel, ora pro nobis.
Heil Satã!

Só então Belzebu mosca deixava de ser, reinava sobre ela, mostrava todo o seu esplendor: pancinha marota, umbiguinho pronunciado espigado tipo repolhinho maduro; pernas curtas, tortas, entortadas por cavalgadas em elfos, doninhas, morcegos caolhos e piolhentos.

E encantava-a com seus relatos:

— Eram amarelas as almofadas do grande salão no palácio do samorim. Depois das rezas, das oferendas às entidades de duplas cabeças, nas modorrentas manhãs de Calecute, nelas ele se acostava. À sua volta, as concubinas, lascivo alvoroço. Delas vinha um bulício, sussurros, risos encobridores de mil suspeitas, mil intrigas. Tristíssimo, o samorim. A languidez dos aveludados coxins era agora sua alegria, fugaz ilusão para distanciar-se do invasor, o fero luso, a boca de mil canhões para o palácio voltada, a frota matadora na enseada de águas turmalinas pousada, pássaro da morte em enganoso repouso.

Breve a bala violentadora saltaria por entre as paredes, estraçalharia os doces reposteiros, tingiria de vermelho a seda vermelha das paredes, e o sonho de mil anos de dinastia se curvaria ante um valor que mais alto se alevantava. Embora fedorento, fedido a bacalhau.

Divertia-a com seus chistes:
A mulher do chinês arranjou um amante.
O chinês pediu a ela que deixasse o sujeito, que o poupasse de algo tão infamante.
Ela bateu o pezinho, não, não e não.
Então, em noite de lua em quarto minguante,
com faca serrilhada, com um risinho cortante,
o chinês decepou o pinto do amante.

Paranhos ergue outra vez o hissope, outra vez borrifa água benta sobre a cama, sobre Belle, nela jazida, puxa o *Te Deum*:

Te Deum laudamus: te Dominum confitemur. Te aeternum Patrem omnis terra veneratur. Tibi omnes Angeli; tibi caeli et universae Potestates.

Danilo abre a boca para fazer o coro, caprichar no *Po-tes-taaa-tes*, quando Belle começa a se erguer, a levitar à frente deles. Dr. Alberto dá fundo gemidinho, recua, procura um dos cantos do quarto. Barroso esbugalha os olhos. Danilo esboça satânico risinho. Paranhos, anjo ferido, ergue o grande crucifixo, divino escudo à sanha do Tinhoso. Belle, mariposa, airosa, a sorrir, quase a roçar no teto, dá graciosas voltas em torno dele, olhos nele fixos a ponto de entontecê-lo. O corpo, os joelhos a vergar, a cerviz, rosto, feições transtornadas, Paranhos vacila. Belle acirra o sorrir, os giros. Paranhos vacila mais e mais. A ponto de tombar, dá gemido, rouco grunhido, quase um estertorar. Álacres diabinhos, em chusma, em torno dele surgem, alvoroçam-se. Alvoroçados, aos risinhos, a batina lhe puxam, os cabelos, às costas lhe sobem. Cirandam:

Caranguejo não é peixe
Caranguejo peixe é
Caranguejo só é peixe
Na vazante da maré.
Palma, palma, palma,
Pé, pé, pé.
Caranguejo só é peixe,
na vazante da maré!

O mais endiabrado desgarra-se dos demais, dá três saltos, de repente Danilo sente-o sobre o cangote, cambaleia, azoado, perde-se a zanzar por longo úmido corredor, nos ouvidos a voz de longínquo coro, nos olhos perdidas imagens de sua culpa, desmesurada, ele, túrbido, assim já nascido, a vergar-se sob o peso da morte do divino cordeiro, ah, remi-lo, viver mil séculos de perdões, opróbrios, purgações e a figura nas sombras no final do corredor a acenar-lhe ele a correr, menino, braços peito alma abertos, enfim, ledo anjo o acolheria amorável tépido regaço, ansiado perdão. E entre os braços ele o acolheu, as partes lhe tocou, lúbrico, na boca o beijou, nele se satisfez dele se afastou

em maiores sombras, o menino no chão ajoe-
lhado a vê-lo entre as maiores sombras desa-
parecer.

*Tu ganhaste, ó Satã, embora anônimo e obs-
curo, por mais alguns anos ainda; mas o século
por vir irá proclamar tua vingança. Tu renascerás
no Anticristo. Ó, fascinante Satã! Arranquei tua
máscara de gula voluptuosa e me perdi de amor
ante tua face coberta de lágrimas, bela como o
rancor.*

Paranhos ergue, estica a cerviz, o corpo en-
direita, apruma-se, o escudo o crucifixo à frente
do rosto de súbito iluminado Satanás recuado
Paranhos senhor das sombras no sombrio corredor a ponto de elevar-se em canto de onipotente
divina gloria quando Danilo sobre ele se atira,
toma-lhe o crucifixo crava-o num dos olhos. O
esquerdo. Dr. Alberto grita, seu grito a encobrir
o grito de Paranhos, ajoelha-se a tentar pensar-
-lhe a ferida, Barroso com imensa gargalhada dá
a mão a Danilo e assim, de mãos dadas, junto a
Belle, elevam-se, do alto apreciam o corpo, alegres a cantar:

Capelinha de melão é de São João
É de cravo é de rosa é de manjericão
São João está dormindo
Não acorda não!
Acordai, acordai, acordai, João!

*Ó, hediondo Satã! Descobri tua ignomínia
para revelar tua ociosidade. Ó Bode Expiatório
do mundo, tu soltas os suspiros de um Messias,*

mas corrompes e degradas como se fosse uma danação. Ó, sagrado herege Satã, símbolo degenerado do Universo, tu que conheces e sofres, tu podes vir a ser, de acordo com as palavras da Promessa Divina, o espírito reconciliador da Expiação!

-3-
A VIRGEM DO BIGODE
A PÍCARA E MORALIZANTE HISTÓRIA DA VIRGEM
QUE SE CASOU COM UM GIGOLÔ E ACABOU NA
IGREJA UNIVERSAL

Capítulo I - Aldinete

A vida de Aldinete até que não era má. Trabalhava num apartamento de dois quartos, na Rua Ferreira Borges, no centro de Campo Grande. Ganhava o salário, tinha direito a férias, décimo terceiro. Pegava às nove da manhã, saía às seis. Sua patroa era professora pública, o patrão trabalhava na cidade, os dois só voltavam para casa à noite.

Aldinete lavava, passava, cozinhava. O apartamento era aconchegante, ela se sentia bem nele a ponto de, depois de mais de cinco anos ali, sentir-se também dona dos móveis, das roupas, das coisas que a cercavam. Quando deixava o serviço, passeava pelas ruas do subúrbio. Andava pelo calçadão, depois sentava-se nos banquinhos da Rua Viúva Dantas.

Àquela hora, o movimento era grande, o comércio a se fechar, as pessoas se dirigindo à rodoviária. O burburinho tomava Aldinete, ela se sentia integrada a ele, agitada, possante.

A visão dos casais era o que mais a encantava. Deixava-se ficar a observá-los por intermináveis momentos. Sentia-se, à semelhança das mulheres que via, acarinhada, apascentada, guiada por mãos e braços fortes e ao mesmo tempo protetores.

Mas era nesses instantes que via seu mundo desmoronar, um aperto na garganta, enorme vazio nas entranhas. Sua existência lhe passava pela mente e ela a via inteiramente vazia, sem sentido. Do que lhe adiantava o bom emprego, o convívio com os patrões, com as amigas, se, aos quarenta anos, era ainda virgem? Se jamais sentira o real aconchego de um homem, se jamais a posse se desvendara para si, desvendando também os mistérios que a envolviam?

Mais velha de uma família de três irmãs, vira-as namorar, casar, ter filhos. O mesmo acontecera com a maioria de suas amigas. Então, por que só a ela a vida negara idêntico destino? O que, afinal, tornava-a tão diferente a ponto de trazer-lhe tamanha solidão?

Em tais momentos, ela, de natureza sempre branda e afável, tinha ímpetos de gritar, expor a todos seu desconsolo, sua mágoa. Via-se de pé sobre o banco a bradar, em plena Rua Viúva Dantas, sua tristeza, seu mais íntimo desassossego. Despida, desnuda, tinha vontade de exibir, despudorada, o corpo que considerava ainda viçoso, as coxas, para ela sem estrias, os seios pequenos e duros.

Passados, no entanto, tais ímpetos, subia, apressada, o calçadão, dobrava no largo da igreja, entrava na nave, jogava-se no primeiro banco, rezava seguidas ave-marias, até que a paz lhe voltasse, tranquila, redentora. Então, tranquilizada, ia para casa. Morava perto da rodoviária, em modesta casa comprada quando a mãe ainda vivia, na companhia de uma das irmãs, do marido dela e do filho pequeno do casal.

Assistir às novelas de televisão era seu principal divertimento. Via-se na pele das heroínas, transfigurava-se, sofria com o que elas sofriam, alegrava-se com suas alegrias, sentia seus próprios sonhos realizados, a vida então lhe parecia algo simples, destituída de outras complicações. Por vezes, no entanto, já deitada, prestes a pegar no sono, vinham-lhe ânsias, idêntico desassossego ao que a tomava durante o dia. Elevava o pensamento a Deus, esmerava-se nas ave-marias, mas não podia afastar o pensamento de que o próprio Deus a estava privando de algo importante, que a espezinhava, tornava-a diferente das outras mulheres, quase uma aleijada.

Mas até onde teria o direito de culpá-lo por suas penas? Sabia apenas que enorme sentimento de impotência a invadia. E assim, tomada por ele, só conseguia adormecer de madrugada. Mas era um adormecer dolorido, ela exausta, a se sentir a mais infeliz das mulheres, vítima de uma punição da qual não poderia fugir.

Capítulo II - O Gigolô

Chamava-se José da Silva, mas todos só o tratavam por Bigode. Era baixinho, barrigudo, calvo, de aparência vulgar e comum, na qual somente ressaltava a imensa bigodeira. A bem da verdade, orgulhava-se dela, tratava-a com carinho e devoção. Trazia sempre consigo diminuto pente e com ele, a toda hora, retesava os pelos, alinhava-os, já que do beiço superior desciam, contornando o inferior, moldando-lhe a boca de maneira precisa, milimétrica. Mesmo quando dormia procurava manter-se hirto na cama, evitava os giros da cabeça. Dormir de lado era abuso a que não se podia permitir, pois correspondia a macular tão distinto atributo.

De manhã, assim que acordava, eram alisamentos sem fim na bigodeira, tintura — sim, porque, aos trinta anos, os primeiros fios brancos começavam a aparecer — minuciosa tonsura e, por fim, a delicada aplicação da brilhantina Fleurs de Toulouse, especialmente importada para ele por um colega camelô, com banca contígua à sua, na Rua Ferreira Borges. Então, exultante — afinal, em Campo Grande e adjacências, quem ostentava capilaridade idêntica? — saía para mais um dia de laboriosíssima faina, vendendo ervas medicinais em sua recém montada barraquinha.

Ganhava por dia vinte por cento da féria. Os outros oitenta iam para o dono do negócio, um veterinário aposentado. O dinheiro era pouco, mas dava para Bigode morar num quartinho, numa vila da Rua Gianerini. No cômodo só cabia minúscula cama sobre a qual deixava jogada a pouca roupa que possuía. O banheiro, comum, ficava no fim da vila, ao relento. Bigode comia nos pés sujos do centro de Campo Grande. Era também neles que se reunia com os outros camelôs, bebiam, falavam sobre futebol, mas, acima de tudo, sobre mulheres.

As mulheres, aliás, se constituíam na principal preocupação de Bigode. Criado na roça, num sítio do Rio da Prata, cedo se iniciara nos segredos do amor e do sexo. Não havia roceira que não conquistasse, da qual não conhecesse a mais íntima seiva. Já rapazote, considerava-se consumado conquistador. Até dos estudos desistira, abandonando o primário a meio por uma grande paixão. Com a morte dos pais, roceiros como ele, foi despedido do sítio e passou a vender amendoim nos trens da Central. Iniciou-se então sua fase de ouro amorosa. De Campo Grande a Santa Cruz, não havia estação em que não tivesse uma conquista, arrebatadora paixão.

Mas foi a partir daí, ele já com mais de vinte anos, que algo, no início incompreensível, passou-lhe a acontecer: se era tão irresistível, tão encantador, por que deixar que as mulheres se aproveitassem disso? Por que ele mesmo não tirava partido de tão incomensuráveis dotes? Por exemplo: se lhes proporcionava o mais indizível prazer físico, por que não exigir algo em troca? Nos dias e dias em que passou preocupado com aquilo, Bigode não conseguia atinar com a maneira mais eficaz de colocar em prática seu intento.

Foi por mero acaso que a solução se lhe apareceu. Num sábado, caminhando com uma de suas namoradas, uma vendedora de balas no ramal do trem de Japeri, pararam diante da vitrine de uma loja. De repente, ela entrou, voltou com uma caixa nas mãos e dulcíssimo sorriso nos lábios. Era uma camisa vermelha, de viscose, que lhe dava de presente.

Daquele dia em diante, Bigode teve seu destino revolucionado. De nenhuma de suas conquistas deixava de pedir, de exigir alguma coisa. Eram pares de sapato, meias, cuecas, de uma delas ganhou até um terno de gabardine. Bigode não tinha mais do que se queixar. Afinal, tinha reconhecido seu valor, a troca que fazia era justíssima, não havia por que se deixar levar por qualquer sentimento de culpa.

Mesmo assim, acima de tudo nos momentos em que exagerava na bebida, percebia que algo lhe faltava. Mas o quê? Talvez fosse a idade, talvez fosse o fato de as conquistas estarem começando a escassear, de os presentes não virem mais de forma tão fácil. Enfim, Bigode, por vezes, se sentia ameaçado por algo que não sabia identificar.

Então, aos poucos, foi compreendendo. Afinal, quem eram as mulheres que possuía? Pobres coitadas como ele, gente sem ter onde cair morta, roceiras, vendedoras de bugigangas. Embora de maneira indefinida, percebia que sua vida estava passando e que ele nada significava. Não tinha estudo, emprego fixo, dinheiro, distinção, além daquela rude distinção de seus iguais, pobres coitados como ele. Precisava, de qualquer maneira, dar o grande golpe, fazer algo que o distinguisse, que lhe garantisse ao menos uma vida mais segura, mais firme.

Foi então que numa roda de cachaça, num pé sujo chamado Tan Tan, ficou sabendo da existência de Aldinete.

Capítulo III - O assédio

Bigode já conhecia Aldinete de vista. Dava com ela quase todos os dias, quando saía do apartamento em que trabalhava, bem diante de sua barraca. Era pequenina, o rosto e o corpo sem qualquer encanto particular, já quarentona. Mas que importância tinha aquilo diante dos comentários que ouviu? Diziam-na solteira, sem amante ou namorado e, o que era absolutamente estonteante, ganhava ótimo salário, mais estonteante ainda, era proprietária de grande e confortável casa na Rua Viúva Dantas. Que tolo fora em nela não ter reparado antes, em sobre ela não ter exercido seus poderes, toda uma magia ao longo daqueles anos todos afiada, irresistível!

Já se via ocupando a casa da Rua Viúva Dantas, vagando pelos cômodos amplos, arejados, muito diferentes da cabeça-de-porco onde morava, o banheiro interno, com água quente e fria, a cama do casal coberta com alvos lençóis para o verão e fofinhos, quentinhos edredons para o inverno.

E faria exigências, ah, sim! Um urso de pelúcia no sofá da sala, sobre a geladeira um pinguim de louça, sanduíche de mortadela, torresmo e batida de maracujá a toda hora. Além disso, carpete e espelho no quarto, principalmente no teto, para criar a atmosfera de caprichado, aconchegante motel.

Enfim, a partir do momento em que tomou real consciência da presença de Aldinete, Bigode passou a fazer-lhe cerrado, duro, implacável cerco. Vigiava-lhe as horas de chegada e saída, a ida às compras, a volta, seu ar de tristeza ou alegria, a roupa que vestia, o sapato que calçava e até a dentadura — postiça, com pequena e reluzente falha de ouro, também postiça — num dos dentes da frente.

Fiel à tática que aprendera, à qual sempre se dedicara e na qual agora se esmerava mais do que nunca ("à mulher se dá corda, nunca se aborda") Bigode fingia desconhecer Aldinete por completo. Jamais lhe dirigia a palavra. Mornava-a apenas com os olhos e, supremo requinte, através dos pivetes que pululavam em torno das barracas dos camelôs, enviava-lhe, anonimamente, embrulhinhos de ervas de presente. Dava aos garotos pequenas gorjetas, dinheiro que eles se apressavam em gastar, furtando-se à tarefa para a qual tinham sido pagos, simplesmente jogando fora os pacotinhos tão bem embrulhados por Bigode.

Demorou-se naquela fase por uma semana. Julgou, então, que já poderia passar à seguinte. Assim que ela, à noitinha, deixava o emprego, desmanchava rapidamente a barraca, seguia-a.

Durante quase toda uma semana, fazia-lhe e refazia-lhe o itinerário. Sem vacilação, com incrível precisão, ela saía da casa da patroa, entrava no beco que ficava atrás do Luzes Shopping, desembocava na Rua Viúva Dantas, sentava-se num dos bancos, ali deixava-se ficar por longo tempo, o olhar perdido, as mãos crispadas. Depois, erguia-se, quase a correr subia o calçadão, dirigia-se à igreja Nossa Senhora do Desterro, ficava um tempão lá dentro. Só então, o sol já posto, ia para casa.

Sua fisionomia, porém, seu olhar eram diferentes, depois que saía da igreja. A Bigode parecia que ela, em vez de caminhar, flutuava, enorme sua beatitude, pairando acima do chão, o vestido a esvoaçar, a deixar atrás de si um rastro que ele não sabia identificar. Era difícil interpretar aquela mudança. Mas, à medida que ela se repetia, mais se lhe reforçava o efeito das ervas, a se fazer mais fundamente dentro da igreja, junto aos santos, e também a certeza de que Aldinete era muito diferente das outras, a merecer dele renovados esforços, redobrada insistência.

Afinal, jamais tivera um peixe daquela importância em sua rede.

Capítulo IV - A conquista

B igode resolveu então ingressar na terceira e derradeira fase. Fazia uma tarde linda, de céu claro e sol morno, e Aldinete, sentada no banco, lhe parecia uma figura de santinho, idêntica à que os camelôs vendiam diante do cemitério no dia de finados. Tinha deixado o trabalho e, como sempre, ele a seguira, seguro de que nesse dia lhe conquistaria os ambicionados coração e mente.

Logo pela manhã, por um dos pivetes enviara-lhe o pacotinho de uma erva de poderes amorosos infalíveis, erva que ele utilizava, mesmo antes de seu atual ofício, ainda rapazola, quando não passava de simples campônio, no sítio do Rio da Prata. O segredo lhe fora transmitido por velha rezadeira e consistia em liberar misteriosos eflúvios, capazes de fazer a cheiradora ver naquele que dela se aproximasse e pronunciasse duas palavras mágicas seu príncipe encantado, seu imorredouro, inconteste senhor.

As mágicas palavras eram as seguintes: *Do-

válsin Tomêncinas. Segundo a velha rezadeira, faziam parte de culto muito antigo, celebrado pelos negros fujões e pelos índios que habitavam a Fazenda dos Jesuítas, em Santa Cruz, antes que os padres de lá fossem expulsos. Eram gravadas nos chifres dos touros e nos rabos das vacas.

Como o potinho tinha sido entregue a Aldinete de manhã, e como já eram seis e quarenta e cinco da tarde, Bigode tinha a mais absoluta certeza de que ela, impregnada pelo aroma, não lhe ofereceria qualquer resistência. Os passos firmes, no íntimo a mais absoluta certeza da conquista, dela se aproximou. Mas, a poucos metros de Aldinete, viu-a, de inopino, fazer gestos estranhíssimos. Mesmo levando em conta o fato de ela ter aspirado o mágico aroma o dia inteiro, não imaginava ele que seu efeito pudesse ser tão eletrizante.

A surpresa o imobilizou. Mal podia pronunciar as mágicas palavras que a ela devia dirigir (na verdade, o *Doválsin* era para ele dificílimo de silabar, mais ainda o *Tomêncinas*). Fez biquinho, caprichou no *Do*, do *Doválsin*, mal tinha acabado o *Tomêncinas* quando Aldinete, os olhos embaciados, as feições crispadas, de pé sobre o banco, os braços estendidos, pôs-se a balbuciar, a lançar palavras aos casais que passavam.

Bigode se aproximou mais ainda, na tentativa de entender os balbucios, aquela algaravia. Ela, porém, num gesto brusco, arrancou a blusa, o sutiã, em seguida a saia e a calcinha. Paralisado, Bigode lhe via os seios pequenos, caídos e frouxos, as estrias das coxas, a frouxa carne das ancas, e o volumoso, espesso e alourado tufo de cabelos entre as pernas, cobrindo-lhe o sexo.

Não mais que alguns segundos permaneceu ela assim. Logo, arrebanhando as roupas, amarfanhadas sobre o banco, dele desceu e quase a correr, rápida, dirigiu-se ao calçadão. Com idêntica rapidez, ia pelo caminho se vestindo, compondo-se. Bigode, correndo atrás dela, não lhe perdia um só dos movimentos. Encantado, via-os como se fossem parte de um sonho do qual era ele o inconteste causador. Aldinete dobrou no largo da igreja, entrou nela.

Bigode, ofegante, deteve-se a alguns metros do templo. Lá dentro, em meio à semiescuridão, entrevia vultos, ouvia leve melodia, confusa e distante. Deixou-se quedar à porta da igreja. Um pouco amedrontado com o fulminante efeito da *Tomêncinas*, não conseguia, no entanto, evitar discreto e íntimo sorriso. Finalmente, tinha Aldinete no papo.

Capítulo V - A aparição

— Por que sofres tanto assim, mulher? Chega, já é demais!

Aldinete ergueu os olhos, deu com a Virgem Maria que, descida do altar, a ela se dirigia.

— Ah, como eu invejo a senhora!

— Por quê?

— Porque consegue ficar assim até hoje e não sofre.

— Assim como?

— Ora, virgem.

— E como é que você sabe que eu não sofro?

— Porque está escrito no catecismo, na Bíblia, os padres vivem dizendo...

— Hun... às vezes é melhor não acreditar muito em certas coisas.

— Que coisas? Então a senhora não é mais virgem?

— Fui possuída pelo Espírito Santo.

— E como é que foi?

— Como foi o quê?

— Não brinca comigo. Não me judia. Tou maluquinha pra saber.

— Fui possuída pelo Espírito Santo, já disse.

— E eu já ouvi. Só que até hoje eu não tive ninguém. Nem o Espírito Santo. E queria saber como é.

— Eu explico.

— Graças a Deus.

— Uma luz entrou em mim e nove meses depois Jesus nasceu.

— Uma luz?!

— É. Divina. Maravilhosa.

— Mas... mas...

— Mas o quê?

— Essa luz...

— O que é que tem?

— Era quente ou fria?

— Nem quente nem fria.

— Era dura ou mole?

— Nem dura nem mole.

— Mas então... então...

— Quando percebi, ela já estava dentro de mim.

— E a senhora não sentiu nada?

— O quê?

— Não sei. Mas dizem que dá um negócio na espinha, no costado...

— Não senti nada na espinha.

— E no costado?

— Também não.

— E lá?

— Lá onde?

— Naquele lugar.

— Que lugar?

— Aquele que fica bem escondidinho, bem no meio das nossas pernas.

— Na frente ou atrás?

— Na frente.

— Não senti nada na frente.

— E atrás?

— Também não.

— Ah, então essa luz não valeu pra coisa nenhuma.

— Mas, afinal, o que é que você esperava?

— Não sei. Tou esperando até hoje. Era isso o que eu queria saber da senhora.

— Saber o quê?

— Se foi gostoso, se doeu, se não doeu, se não foi gostoso, se sangrou...

— Ah, disso não posso dizer nada. Não tenho experiência.

— Mas então... então por que a senhora me apareceu?

— Não costumo fazer isso sempre.

— Mas então por quê?

— Estou cumprindo ordens.

— De quem?

— De Jesus. Ele não aguenta mais suas queixas.

— Que queixas?

— De você continuar virgem aos quarenta anos e culpá-lo por isso.

— Eu não culpo ninguém.

— Culpa, sim. E ele já está de saco cheio. A incompetência é sua, não dele.

— Mas eu quero deixar de ser virgem e não consigo.

— Está vendo? Pura incompetência.

— Mas o que é que eu devo fazer?

— Isso não estou autorizada a dizer.

— Então... então...

— Só estou autorizada a dizer que você deve procurar um sinal.

— Um sinal?!

— Naquele que deverá desvirginá-la.

— Mas que sinal?

Sem responder, Maria evaporou-se, passou a ser, de novo imobilizada, a figura de barro e tinta que sempre fora no altar da igreja Nossa Senhora do Desterro.

Aldinete, aturdida, ainda se deixou ficar algum tempo ali. Assim que saiu, a primeira pessoa que viu foi um sujeito baixinho, careca, barrigudo, vestido com a camisa do Flamengo, sandália de dedo e bermudão, parado diante da porta. Fez menção de se desviar dele, mas foi só então que lhe reparou no bigode, basto, hirto, pretíssimo, a lhe encobrir quase toda a boca.

Petrificada, compreendeu que estava diante do sinal predito pela Virgem, e, graça das graças, diante do próprio possuidor do sinal, daquele que lhe traria lenitivo para as dores, alívio para a alma, consolo para o corpo.

Capítulo VI - O namoro

Sem faltar um dia sequer, chovesse ou fizesse sol, todas as segundas, quartas, sextas, sábados e domingos, Bigode ia namorar Aldinete. Chegava à casa dela às sete da noite, saía pontualmente às dez. Ficavam na pequena varanda, sentados nas cadeiras que ela se apressava em trazer da sala, assim que ele aparecia no portão.

Fiel a importantíssimo desdobramento em sua infalível tática de conquista ("nunca se dá sopapo numa mulher que já está no papo"), Bigode se portava diante dela com candura e inocência angelicais. Jamais bebia antes de vê-la, trajava-se com o cúmulo da discrição (bermudão, chinelo de dedo, camisa de meia branca, já que a camisa do Flamengo lhe parecia agora por demais comprometedora), caprichava na conversa, procurava dar a suas opiniões sempre um tom vago, de insuspeita neutralidade.

Tratava da mesma forma a irmã de Aldinete e o marido dela. Ele se chamava Edelvino.

Era um mulato forte, motorista de uma van que fazia ponto na rodoviária, transportando passageiros para o bairro de Santa Margarida. Ela, que se chamava Adenir, era pequena e branca como Aldinete. Mas, diferente dela, mais jovem, possuía tentadora carnação, que Bigode, mesmo nos discretíssimos olhares que lhe lançava, não conseguia ignorar. Adenir se dedicava à casa e à criação do filho pequeno, de pouco mais de dois anos. Para reforçar o orçamento do casal, fazia serviços de costura para fora — bainhas de calças, forros, arabescos e figuras que gravava em camisas. Com discrição e cuidados idênticos, Bigode se portava com as amigas, com a outra irmã de Aldinete.

Enfim, tinha a convicção de que a todos igualmente conquistara. As coisas, porém, não se mostravam sempre assim tão simples. Havia momentos em que ele se debatia em atrozes dúvidas. Dúvidas capazes até de comprometer sua sempre elogiada atuação à frente da gerência da barraca de ervas. Prendiam-se elas, acima de tudo, a questões relativas à sua vida futura. À custa de Aldinete, morando bem, comendo bem, antevia, no entanto, obrigações que deveria assumir, entraves à sua liberdade, à airosa existência que até ali levara.

Tentou resolver tais dúvidas através do sexo. Se possuísse Aldinete, se a submetesse impondo-lhe sua inconteste força de homem, também lhe imporia diverso futuro, feito à semelhança dele, isento de quaisquer cobranças, incômodas e indesejadas obrigações. Mas, para sua surpresa e à diferença de todas as que até ali tivera, ela se mostrava extremamente recatada, retraída, não lhe permitia qualquer avanço além de desajeitados beijos, um ou outro toque casual nos seios, nas coxas.

Sem conseguir atinar com o que acontecia, diante de situação para ele inteiramente nova, Bigode se deixou abater. Se seus encantos não eram suficientes para arrebatar Aldinete, isto significava que se estavam exaurindo, acabando--se de vez. Em desespero, apelou para a Tomêncinas. Pediu que Aldinete usasse durante todo um dia, pendurado ao pescoço com uma correntinha, o caprichado embrulhinho que lhe fez da erva. Esperava tê-la, à noite, quando fosse vê-la, inteiramente à sua mercê.

Encontrou, porém, uma Aldinete idêntica à de sempre, afável e meiga, mas infensa a sexo, escorregadia quando tentou uma ou outra carícia mais ousada. Com gesto brusco, impensado, arrancou-lhe do pescoço a *Tomêncinas* e, raivoso, jogou o pacotinho longe. Sem demonstrar qualquer surpresa, Aldinete se limitou a olhá-lo e a sorrir, de forma complacente, misteriosa e distante.

Aquela noite Bigode voltou mais cedo para casa, atirou-se à cama. O que estava acontecendo, afinal? Onde estava a Aldinete desavergonhada, que vira despir-se à luz do dia, de pé sobre um banco, em plena Rua Viúva Dantas? Onde estava a Aldinete que, recém-saída da igreja, quase se atirara em seus braços, quase lhe maculara a bigodeira? Não saberia dizer.

Durante horas, os olhos grudados no teto, Bigode se debateu. De madrugada, convenceu--se de que o trabalho poderia ser um lenitivo, algo capaz de fazer amortecer sentimento tão aterrador. Dispôs-se então a dormir um par de horas, antes de assumir a gerência da barraca, quando foi assaltado por nova e não menos inquietante preocupação: se não tinha qualquer encanto para Aldinete, por que continuava ela presa a ele? O que a levava a aceitá-lo? Por que não o deixava de vez?

Capítulo VII - Os benefícios da virgindade

Manter a virgindade conferia agora a Aldinete enorme superioridade, indizível conforto. Ela que, durante tanto tempo, julgara-se anatematizada, portadora de indesejável aleijão, passou a se ver de maneira inteiramente distinta. Era com orgulho, no qual se poderia até adivinhar leve ponta de desprezo, que nas ruas cruzava com as outras mulheres. Se, antes, invejava-as, delas, cheia de frustração, chegava a desviar os olhos, agora, ao contrário, encarava-as, o olhar firme, desafiador.

Afinal, o que eram elas? Devassas, criaturas gastas, sem qualquer pureza a oferecer, gente, enfim, que a ela nem de longe poderia se comparar. Ah, que tola fora em seu antigo padecer, em seu desesperar! Levara longo tempo para perceber isso, o desgaste de anos e anos a vergastar-lhe o íntimo.

Mas valera a pena, pois não obtivera até a

intervenção, a ajuda divina? Aquilo não significava a purgação de todo o seu sofrer, reconhecido pelo próprio Deus, através da intervenção de sua santa mãe?

E já que era assim, já que a tal ponto fora distinguida, como então igualar-se às outras? Como deixar-se levar pelo sexo, nele enredar--se, sem antes fazê-lo também coroado por bênçãos divinais através do casamento, única forma por meio da qual seria ele reconhecido, aceito e abençoado pelos homens e por Deus?

Capítulo VIII - O noivado

A mãe de santo chupou o charuto, bebeu três goles de cachaça, fez alguns passes sobre a cabeça de Bigode, incorporou o espírito do Caboclo Zé Pilintra, que disse, a voz rouca:

— Ela tá grávida.

— Grávida?! — quase gritou Bigode, num susto, logo emendando: — De quem?

— Isso não dá pra dizer. Zé Pilintra não é dedo duro.

Bigode se limitou a balbuciar:

— Mas... mas...

— Não tem mais nem meio mais. Zé Pilintra não se engana.

Bigode explodiu:

— Porra! Se ela já tá arrombada, então por que não dá pra mim também?

— Ah! Aí é que tá!

— Aí é que tá o quê?

— Ela tá apaixonada.

— Por mim?

— Ô da bigodeira, deixa de ser besta.

Bigode continuou, sem ouvir:

— Às vezes uma mulher fica tão apaixonada por um cara que só por isso não dá pra ele.

— Ela tá apaixonada mas é pelo cara que fez o filho nela.

— Mas quem é esse cara? Onde é que ele está? — insistiu Bigode, num desespero.

— Quem é ele Zé Pilintra não diz. Já falei.

— Ele mora em Campo Grande?

— Morava. Depois que fez o filho nela se mandou, ganhou o mundo, pirou, nunca mais deu notícia, deixou ela na rua da amargura.

— Mas então... então... — limitou-se a balbuciar Bigode, enquanto Zé Pilintra completava:

— Então ela arranjou um trouxa pra tapar buraco.

— E esse trouxa sou eu?!

— Qué que tu queria? Tu tem cara de otário, papo de otário, bigode de otário...

— Mas quem disse que ela é santa? Ela ficou nuinha em pelo, trepada num banco da Rua Viúva Dantas.

— Hun...— fez Zé Pilintra, bebendo mais três goles de cachaça, chupando furiosamente o charuto.

— Hun o quê?— exclamou Bigode, desafiador. E continuou, triunfante:

— Se ela tá grávida, se ela tá apaixonada pelo outro, se não me deixa nem pegar nos peitinhos dela, por que ia ficar peladona no meio da rua?

— Hun... tu viu?

— Vi!

— Quantos peitinhos ela tem?

Bigode respondeu, meio desconcertado:

— Ué, dois, como toda mulher.

— Mentira!

E Bigode, mais desconcertado ainda:

— Mas eu vi os dois peitinhos dela... meio sambados, meio caídos. Me lembro ainda que...

Zé Pilintra não o deixou continuar:

— Ela só tem um.

— Um?!

— O que fica do lado direito. O outro ela perdeu numa batida de trem. No hospital cortaram ele fora.

— Mas... mas...

— E a xoxota?

— Qué que tem? — retrucou Bigode, num aturdimento.

— Cumé que era?

— Cheia de cabelo meio sarará.

— Mentira!

— Mas... mas...

— Ela usa a xoxota raspada até hoje, porque o outro cara gostava assim.

Zonzo, sem saber o que pensar, Bigode se manteve calado por alguns instantes. Acompanhava com os olhos as evoluções de Zé Pilintra à sua volta, a pesada fumaça do charuto que, como uma aura, envolvia-lhe a cabeça, as feições. Então, quase num grito, indagou:

— Mas e na saída da igreja?

E logo emendou, o mesmo ar de triunfo de antes:

— Por que foi que ela quase me atracou?

— Hun...

Pela primeira vez, Bigode reconheceu vacilações em Zé Pilintra, indecisão que não sabia a que atribuir.

— Isso Zé Pilintra não pode responder.

— Por quê?

— Tem santo forte nesse negócio. Uma falange muito poderosa.

— Mais forte que a falange de Zé Pilintra?

— Muito mais. Com ela Zé Pilintra não se mete.

Bigode fez um gesto desarvorado:

— Mas então que que adiantou eu ter vindo aqui?

— Tu não tá de olho na grana dela?

— Tou...

— Pois então?

— Mas se ela tá vidrada no outro, se não gosta de mim, se não me dá, eu nunca vou botar a mão em grana nenhuma.

— Ô da bigodeira! Tu não é só trouxa! É burro também!

— Não me esculhamba.

— É o que tu merece.

— Mas por quê?

— Ela não te dá porque tá com medo. Será que tu não vê isso?

— Mas medo do quê, pomba?

— De tu se mandá como o outro pilantra e ela ficar mais uma vez na rua da amargura.

— Eu não vou fazer nada disso.

— Só que ela não sabe.

— Eu explico pra ela.

— Não vai adiantar.

— O quê que vai adiantar, então?

— Tu vai ter que assumir o filho dela.

— Pela grana, eu assumo.

— Tu vai ter que dar segurança pra ela.

— Pela grana, eu dou.

— Tu vai ter que se casar com ela.

— Pela grana, eu...

Bigode se interrompeu, engoliu em seco, exclamou:

— Casar?!

Olhou para Zé Pilintra e imaginou ver fino sorriso por entre a fumaceira do charuto.

Perguntou:

— Vou ter que lavar fralda?

— Hun... vai.

— Vou ter que limpar bunda de criança?

— Hun... vai.

— Vou ter que aguentar choro?

— Hun... vai.

— Vou ter que levantar de madrugada?

— Hun... vai.

— Vou ter que deixar de tomar porre?

— Hun... vai.

— Vou ter que deixar de fumar?

— Hun... vai.

— Vou ter que perder jogo do Framengo?

— Hun... vai.

Bigode fez menção de perguntar mais alguma coisa, Zé Pilintra o interrompeu:

— Vais deixar de dar duro?

— Vou.

— Vais viver no bem-bom?

— Vou.

— Vais vestir roupa da moda?

— Vou.

— Vais ter conta no banco?

— Vou.

— Vais ser presidente do Campo Grande Atlético Clube?

— Vou.

— Vais ser candidato a vereador?

— Vou.

— Vais entrar pro Rotary ou pro Lions?

— Vou.

— Vais ser administrador regional de Campo Grande?

— Vou.

Zé Pilintra se calou. Deu alguns safanões, afastou-se, a garrafa de cachaça numa das mãos, o charuto na boca, a aura da fumaça a envolvê-lo, como se no meio dela ele flutuasse, à semelhança de um santo.

Capítulo IX - Comédia de erros

Marcaram o casamento para dali a dois meses. Aldinete passou então a viver a azá-
fama daquele arrebatador momento. Via-se, a
igreja cheia, a caminhar pela nave, o alvíssimo
vestido de noiva a esvoaçar por entre ares santos
e sagrados, em direção ao altar, às fortes mãos do
homem que a guiariam para todo o sempre. Depois, viriam o bulício, o esplendor da recepção
aos convidados. Finalmente, a lua de mel e o tão
ansiado momento em que o mistério, o segredo
da existência se lhe abriria por completo.

A partir daí, a vida lhe seria calma e serena,
no lar a cuidar das coisas do marido, dos domés-
ticos fazeres, talvez já à espera de um rebento que
lhes coroaria a felicidade. Ainda assim, apesar do
todo o enlevo, cada vez mais amiúde sentia-se in-
segura. E essa insegurança advinha das atitudes
de Bigode. É que ele parecia não compartilhar de
seu entusiasmo, sempre fechado em, para ela, in-
compreensíveis mutismo e discrição.

O que estaria acontecendo, já que ela se debatia em dúvidas a respeito de pequenos, mas necessários detalhes sobre a cerimônia, a recepção, a lua de mel e até sobre o futuro? Por que se mostrava ele esquivo a questões para ela tão relevantes?

— Como vai ser nossa casa? — perguntou, enchendo-se de coragem, num domingo à noite, assim que ele chegou.

— Igualzinha à sua.

— E onde ela fica?

— Na Rua Viúva Dantas.

— E os móveis da sala?

— Igualzinho aos seus.

— E a cozinha?

— Igualzinha à sua.

— E o quarto?

— Igualzinho ao seu.

— E a varanda?

— Igualzinha a essa.

— E os convidados pro casamento?

— Quantos você quiser.

— O meu vestido de noiva vai ser branquinho?

— Vai.

— O casamento vai ser na igreja Nossa Senhora do Desterro?

— Vai.

— A recepção pode ser num clube?

— Pode.

— Pode ser no Luso?

— Pode.

— A lua de mel pode ser em Lambari?

— Pode.

— Se lá não tiver lugar pode ser em Cambuquira?

— Pode.

— Na volta, a gente vai passar em São Paulo pra assistir o programa do Sílvio Santos?

— Vai.

— A gente vai também no programa do Faustão?

— Vai.

— A gente vai comer sorvete de maracujá?

— Vai.

— A gente vai andar na roda gigante?

— Vai.

— A gente vai ver a casa do BBB?

— Vai.

— A gente vai ver disco voador?

— Vai.

Depois dessa conversa, Aldinete exultou. Ele lhe preparava impensáveis surpresas, coisas capazes de enriquecê-la, abrir-lhe horizontes jamais imaginados. Ao mesmo tempo, porém, sentia-se apequenada, incapaz de corresponder a tudo o que ele lhe oferecia. O que fazer? Como, ainda que palidamente, corresponder a tanto devotamento?

Por dias e dias debateu-se em dúvidas. Até que, por fim, resolveu-se. Poderia oferecer a ele duas coisas. Uma, já assegurada, era sua pureza. A outra deveria ser sua total liberdade, a mais completa disponibilidade. Assim, também em segredo, também querendo brindá-lo com inimaginada surpresa, acertou com a patroa sua dispensa. Compreensiva e em retribuição a tantos anos de devotamento ela lhe pagou todos os direitos.

Com o dinheiro, Aldinete comprou o que imaginava ser o mais belo vestido de noiva jamais visto em Campo Grande. Faltava agora desfazer o laço familiar, para se ver livre de tudo, para oferecer a ele também essa espécie de pureza. Aldinete escolheu a mais pobre de suas irmãs, com ela foi ao cartório, abriu mão de sua parte na herança da casa em favor dela.

Então, relaxada, pôs-se a aguardar a chegada do grande dia.

Capítulo X - O casamento

Aldinete se levantava religiosamente às seis da manhã. No pequeno fogareiro que comprara e que colocara a um dos cantos do quarto, preparava o café para Bigode. Sem dizer uma palavra, ele o tomava, saía para o trabalho. Ela arrumava as camas — comprara também, com o dinheiro que sobrara do vestido de noiva, um pequeno catre, que colocara ao lado da cama dele — varria o quarto, ajeitava como podia as roupas do casal e logo ia ao seu encontro.

Na barraca, esmerava-se em ajudá-lo a embrulhar as ervas. Chegou até a inventar nós diferentes para os pacotinhos, na esperança de que assim pudessem vendê-los por preço maior, mais compensador.

Ao meio-dia em ponto, Bigode ia almoçar. Comia invariavelmente na pensão da Ciça, na Rua Augusto de Vasconcelos, ao lado do antigo BEMGE. E também invariavelmente permanecia lá o resto da tarde, bebendo cerveja, conversando com um ou outro conhecido.

Sozinha à frente da barraca, dirigindo os negócios, Aldinete caprichava no trato aos fregueses, no troco, na contagem da féria. Lá pelas seis ou sete da noite, dependendo do movimento, desmanchava a barraca, voltava para casa, levando as pesadas sacolas com as ervas. No fogareiro, preparava o jantar, comia. Deixava para Bigode um prato feito, cuidadosamente embrulhado num pano para que não esfriasse de todo. Com idêntico cuidado, colocava-o sobre a tampa do fogareiro. Satisfeita, deitava-se. Só que não adormecia. Esperava que ele chegasse, o que só acontecia alta madrugada. Bêbado, ele beliscava a comida, deixava-se cair na cama, logo pegava no sono. Aldinete velava-o o quanto podia, depois terminava também por adormecer.

Há mais de três meses era aquela sua rotina. Não lhe importavam a perda das ilusões, a descoberta da verdadeira face de Bigode, o desprezo que ele lhe devotava. Via todas aquelas coisas como uma purgação. E, por isso, encarava-as quase com veneração. Eram, no fundo, um momento pelo qual deveria passar. Da mesma forma encarava o desmoronar de uma vida que supunha plena, lisa, sem máculas.

Como uma pessoa que se afoga, sem outra alternativa a não ser agarrar-se a um fio de navalha, Aldinete se agarrava a Bigode, aceitando o que ele lhe oferecia. Mas, à diferença dos desesperados, mantinha a certeza de redimi-lo, conquistá-lo, levá-lo a aceitá-la, a compartilhar com ela sua existência e, suprema graça, a possuí-la. Sim, porque é preciso explicar que Aldinete continuava ainda intocada.

Compreendia que aquela talvez fosse a face mais cruel dos sentimentos que por ela Bigode nutria. Era sua vingança. Mas compreendia o direito dele de se vingar. Se tivera ilusões, ele também as tivera. Se as perdera, coisa idêntica ocorrera a ele. Ambos, portanto, eram culpados. A diferença é que o sofrimento a levara a ter plena consciência disso, enquanto ele ainda se debatia, inconformado. Cabia a ela apenas aguardar, deixar que o tempo passasse, submeter-se. Na verdade, era na submissão que encontrava forças. Na submissão e no amor absoluto que agora lhe devotava.

— Então meu bigode foi o sinal?

— Eu te amo.

— Então a Virgem te apareceu?

— Eu te amo.

— Então tu não tá grávida?

— Eu te amo.

— Então tu vai viver no meu cafifo?

— Eu te amo.

— Então eu vou te encher de porrada.

— Eu te amo.

— Então tu não ficou nua na Rua Viúva Dantas?

— Eu te amo.

— Então eu não falo mais contigo.

— Eu te amo.

— Então não quero tu morando aqui.

— Eu te amo.

— Então tu não volta mais pra tua casa?

— Eu te amo.

— Então tu pediu pra sair do emprego?

— Eu te amo.

— Então tu deu tua herança pra tua irmã?

— Eu te amo.

— Então tu torrou a grana?

— Eu te amo.

— Então a gente tá duro?

— Eu te amo.

E ela:

— Então tu não gosta da minha batata frita?

— Eu não te amo.

— Então tu não gosta do meu bife acebo-lado?

— Eu não te amo.

— Então tu não gosta da minha feijoada?

— Eu não te amo.

— Então tu não gosta do meu refresco de groselha?

— Eu não te amo.

— Então tu não gosta dos meus olhos?

— Eu não te amo.

— Então tu não gosta da minha boca?

— Eu não te amo.

— Então tu não gosta do meu cheiro?

— Eu não te amo.

— Então tu não gosta das minhas pernas?

— Eu não te amo.

— Então tu não gosta das minhas coxas?

— Eu não te amo.

— Então tu não gosta dos meus seios?

— Eu não te amo.

— Então tu não gosta do nosso fogareiro?

— Eu não te amo.

— Então tu não gosta do meu amor?

— Eu não te amo.

Capítulo XI - Os malefícios da virgindade, ou equívoco fatal

Depois de um ano daquela vida, Aldinete, à semelhança de uma pessoa que analisa um sonho mau, ou de alguém que principia a desenredar os laços de uma quimera, passou a avaliar a existência que levava ao lado de Bigode. Não era mais com o mesmo encanto, por exemplo, que de manhãzinha lhe preparava o café. Da mesma forma, mínimo era seu empenho em arrumar a casa, ajeitar as roupas. Ficar à frente da barraca, então, fazendo o troco e atendendo à freguesia, significava pouco menos que um sacrifício, o mesmo acontecendo com a obrigação de levar as sacolas de ervas para casa, a tal ponto que certo dia quase as deixou no meio da rua.

Se alguém lhe perguntasse o que estava acontecendo, não saberia responder. Sabia apenas que a insatisfação a consumia. Continuava amando Bigode, mas passara a duvidar, embora de maneira confusa e imprecisa, de sua própria submissão. Afinal, tanto tempo de absoluta devoção a tinha levado a quê? Bigode tratava-a como a tinha tratado desde o primeiro dia. Mal lhe dirigia a palavra, recebia o que ela fazia com a indiferença de alguém que recebe o que lhe é devido, sempre distante, desinteressado. Ela, que tanto tinha acreditado na passagem do tempo e nas mudanças que isso causaria em Bigode, via o tempo passar sem que nada se alterasse.

Mas que justiça haveria naquilo? Sua vida então se resumiria a um eterno sacrificar-se? Lembrava-se do antigo emprego, de sua casa, do carinho das irmãs, das amigas. Abrira mão de tudo aquilo, não via mais as amigas, de raro em raro visitava as irmãs. E tudo porque, virgem, julgava-se infeliz. Só que agora, ainda virgem, sentia-se mais infeliz ainda. Recordava-se de quando namorava Bigode, da ânsia com que o esperava, com que corria até o portão, dos momentos em que, entre imprecisas carícias, falavam sobre o futuro, sobre a felicidade que compartilhariam.

Como lhe parecia feliz aquele tempo. Se pudesse, a ele retornaria. E, com o que sabia agora, a ele daria diverso contorno, diversa substância. Que mal haveria afinal em Bigode com ela coabitar, dela depender, viver à sua custa, se disso dependia sua felicidade? Por que não lhe contara ele a verdade, por que tinha preferido iludi-la? Teria tido medo? Mas medo do quê? Que tolo fora em não ter sido capaz de adivinhar que a tudo seria ela capaz de enfrentar. Que tolo fora em não reconhecer seu desprendimento. Desprendimento, aliás, que ela agora estava tendo de novo, pois sua submissão não provava isso? E mais uma vez estava ele sendo tolo em não descobrir a verdade, quando seria tão fácil enxergá-la. Bastaria que a conhecesse como mulher, que lhe desvendasse os mistérios do sexo, e eterna, sempre renovada seria sua sujeição. A inquietude que a tomava se desfaria, a insegurança, aquela espécie de desassossego.

Mas como levá-lo a compreender isso, de que maneira apontar-lhe o único caminho a trilhar? Tímida, incapaz de qualquer iniciativa, deixava-se abater. Mais ainda porque no fundo de si mesma criticava suas próprias exigências. Na verdade, não passavam de simples troca. Bigode lhe daria sexo, ela lhe daria seu apascentamento.

Já não podia, contudo, acreditar que a vida, o relacionamento se resumisse àquilo. Imaginava na existência algo maior, incontrolável, avassalador. Pensava em sua irmã, Adenir, na vida que levava. Era quase tão miserável quanto a sua, mas, além do sexo, havia nela alguma coisa que Aldinete identificava como amizade, consideração. E isso era tudo o que Bigode lhe negava. Quem lhe garantiria então que, tendo o sexo de Bigode, auferiria também do restante? E, se tudo isso constituísse o amor, como fazer com que ele a amasse? Seria o amor dela suficiente para os dois?

Mergulhada em tais dúvidas, Aldinete passou também a duvidar de si mesma. E como acontece com todos aqueles submetidos a tão incomensuráveis sofrimentos, perdeu o que lhe restava do já esmaecido viço, emagreceu, transformou-se numa sombra. Pior ainda, adoeceu. Por dias e dias, jogada sobre a enxerga, foi tomada por calafrios, dores, uma febre que resistia a todas as mezinhas. O que mais a abatia, contudo, era a reação de Bigode. Não ligava para ela, não lhe importava seu sofrimento.

A doença, aliada a essa espécie de desgosto, agravou-se a tal ponto que Aldinete imaginou-se às portas da morte. E, para sua surpresa, viu-se mesmo a desejá-la. De certa forma, representava ela o lenitivo, embora final, para uma existência que se frustrara em meio a coisas miúdas, apagadas, mas que, ainda assim, sequer tinham sido tocadas. E se isso tinha acontecido era porque Deus a ignorara. Mas até onde acreditar nisso, se ele lhe tinha enviado a própria mãe para ajudá-la? Tal fato não era suficiente para redimir todo seu sofrimento, toda uma vida que supunha nada valer? Afinal, quantos eram os privilegiados por tal graça?

Mesmo tomada pelo delírio da febre, não podia se esquecer da aparição da Virgem. Estava ela envolta por túnica de um azul que jamais vira, assim como azuis eram-lhe os olhos e a aura por sobre a cabeça. Meia dúzia de brancas pombinhas revoluteavam à sua volta, e os sons de dulcíssima melodia vinham do altar, reverberavam pela nave, a tudo impregnavam.

— Virgem Santíssima! Não mereço a graça de sua aparição!

— Merece, sim, porque você é pura. E dos puros será o reino dos céus.

— Só que por vezes o diabo me domina. Meus pensamentos me levam ao inferno.

— Não seja tão rigorosa consigo mesma. Seus pensamentos são mais do que normais.

— Então não estou obrando em pecado?

— Não, minha filha. Estou aqui para livrá-la dessa consumação e para lhe indicar o verdadeiro caminho.

— Então existe para mim um caminho?

— O caminho existe para todos. Lembre-se das chagas do Cristo. Elas são o verdadeiro sinal. O sinal para a salvação.

Embora em meio à febre e ao delírio, recordando-se do que a Virgem lhe dissera, Aldinete estremeceu. A verdade inconteste, absoluta, fatídica, é que se confundira, enganara-se de sinal. Tinha trocado as cinco chagas sagradas de Cristo por um reles bigode.

Capítulo XII - Descendo a ladeira

A antiga patroa sorriu, fez Aldinete entrar, sentar-se.

— Há quanto tempo! Você sumiu! Quê que houve?

— Bom... é que eu... eu me casei e...

— Se casou?! Que bom! Então foi por isso que você pediu as contas?

— É... foi...

— E está feliz?

— Bom... eu...

— Por que não me convidou? Eu teria ido. Com muito prazer.

— É que... bom... foi tudo muito simples... não teve nem festa...

— Ora, e daí? Nunca fui luxenta. Você me conhece.

— É... conheço... só que...

— O que foi? Tá sentindo alguma coisa? Não vai me dizer que está grávida...

— Não, não... é que... é que eu queria o meu emprego de volta.

— Como?!

— Queria trabalhar de novo pra senhora.

— Mas...

— É que eu... sabe?... a Virgem me apareceu...

— Que virgem?

— A Virgem Maria.

— Ah...

— Ela... ela me falou num sinal... aí, aí... eu confundi tudo... me casei com o dono do sinal errado... mas é que eu gosto dele mesmo assim... só que ele se casou comigo por causa do meu dinheiro... aí, aí...

— Aí?

— Bom... se eu voltar a trabalhar pra senhora, volto a ter dinheiro... e tendo dinheiro ele vai gostar de mim... e ele gostando de mim eu vou ser feliz...

— Ah!

— A senhora... bom... a senhora entendeu?

— Entendi, mas...

— A senhora vai me deixar voltar, não vai?

— Eu gostaria. Muito.

— Graças a Deus!

— Você sempre foi uma ótima empregada.

— Graças a Deus!

— Competente, da mais absoluta confiança.

— Graças a Deus!

— Só que eu já tenho outra.

— Já?!

— E ela também é ótima.

— É?!

— Da mais absoluta confiança.

— É?!

— Está comigo desde que você foi embora.

— Está?!

— E não posso despedi-la assim, de repente.

— Nem eu pedindo?

— Nem você pedindo.

— Nem eu precisando?

— Nem você precisando.

— Nem eu implorando?

— Nem você implorando.

— Mas é a minha vida!

— É a vida dela também.

— Mas é a minha felicidade.

— É a felicidade dela também.

— Mas... mas...

— Não quero ser injusta.

— A senhora... a senhora tá me devendo...

— O quê?

— Fiquei cinco anos aqui... dei pra senhora cinco anos da minha vida.

— Você não me deu nada. Eu paguei.

— Quero o meu emprego de volta... só com dinheiro ele... ele vai me querer...

— Não tenho nada com isso. É problema seu.

— Não é, não.

— Você está fora de si.

— Não tou!

— Reparei desde que você chegou.

— Não reparou nada.

— Você precisa é de um médico.

— Preciso é do meu emprego.

— Não grita!

— Não tou gritando!

— Larga meu pescoço!

— Não tou segurando pescoço nenhum!

— Socorro! Socorro!

Capítulo XIII - O fundo do poço

Aldinete caminhava pelas ruas. Já passava das oito da noite, o movimento era quase nenhum, raros passantes cruzavam por ela. Não refez seu itinerário habitual, evitou-o, como se assim também pudesse evitar a antiga Aldinete, seus antigos sonhos, suas desfeitas ilusões.

Atravessou o túnel, seguiu pela Rua Campo Grande, em direção à Administração Regional. Era lugar ermo, intenso apenas o movimento dos carros, dos ônibus. Em dois ou três bares, pessoas conversavam, riam. *O que seria a vida para elas?* — pensou Aldinete. Pareciam felizes, desligadas. Que bom poder sentir-se assim. Dos prédios de apartamentos vinham luzes, o som das televisões, vozes, por vezes o grito, o choro de alguma criança. Aquelas pessoas desfrutavam de um lar, repouso para suas canseiras, filhos, consolo. Enfim, tudo o que ela pedira e que lhe tinha sido negado.

Caminhou ainda algum tempo por ali. Depois, tomada por uma sofreguidão, algo que não saberia explicar, retornou, atravessou de novo o túnel, refez o caminho de sempre, subiu a Rua Coronal Agostinho, perdeu-se. A última coisa que viu, antes de prostrar-se na calçada, desmaiada, foi a fachada da Igreja Universal do Reino de Deus.

***

Um mês depois, Aldinete, convertida, era uma das principais obreiras da igreja. Em troca de tamanha devoção, ganhou um emprego. Era agora garçonete no restaurante de um dos fiéis. O mais importante, porém, é que conseguiu reconstruir sua vida. Através das palavras dos pastores, conheceu, enfim, Jesus obreiro, o Deus real, a verdade. E essa verdade apontava para a expulsão de Satanás de dentro de si mesma. E esse Satanás, que bebia, que fumava, que para ela não ligava, que se recusava a conhecê-la como mulher, se chamava Bigode. Então, para consumar a expulsão de Satanás de dentro de si, separou-se dele.

Separada, não demorou muito a receber a graça suprema, aquela pela qual tanto ansiava: em tarde ventosa, de muita chuva e trovão, o pastor de sua preferência na Igreja Universal de Campo Grande, um mulatinho de cabelo sarará chamado Ambrosino, desvirginou-a num matagal próximo ao Viaduto dos Cabritos. E, embora casado, pai de três filhos, prometeu montar-lhe casa no subúrbio de Inhoaíba.

Aldinete, morando com as irmãs e há três meses sentindo estranhíssimas cólicas e vômitos, e com as regras suspensas, permanece esperando.

Quanto a Bigode, mudou de ramo. Trabalha agora com pipoca embalada, pacotinhos que compra na loja do Zé Gordo por dez centavos e que revende na boca do túnel de Campo Grande pelo dobro do preço.

Continua sonhando com o grande golpe. Só que, além de abandonar as ervas, também raspou a bigodeira. Dava azar.